学生背诵版

经典咏流传

学生背诵版

总 策 划：张国飞　肖丽媛
主　　编：许文广　过　彤
执行主编：田　梅

人民文学出版社

CCTV
中央广播电视总台央视综合频道
央视创造传媒

经典咏流传

学生背诵版

人民文学出版社

图书在版编目（CIP）数据

经典咏流传．学生背诵版/许文广，过彤主编．—北京：人民文学出版社，2018
ISBN 978-7-02-014304-7

Ⅰ．①经… Ⅱ．①许… ②过… Ⅲ．①古典诗歌—中国—中小学—课外读物 Ⅳ．①G634.303

中国版本图书馆 CIP 数据核字(2018)第 095016 号

责任编辑 廉 萍 曾少美 张欣宜
装帧设计 刘 静
责任校对 李义洲
责任印制 徐 冉

出版发行 人民文学出版社
社　　址 北京市朝内大街 166 号
邮政编码 100705
网　　址 http://www.rw-cn.com

印　　刷 三河市宏盛印务有限公司
经　　销 全国新华书店等

字　　数 140 千字
开　　本 787 毫米×1092 毫米 1/32
印　　张 8.25 插页 3
印　　数 1—200000
版　　次 2019 年 1 月北京第 1 版
印　　次 2019 年 1 月第 1 次印刷

书　　号 978-7-02-014304-7
定　　价 29.00 元

小学部分

中学部分

让经典喜闻乐见

温儒敏

北京大学教授，教育部统编义务教育语文教科书总主编

我平时是个不太关注电视的人，但是在看过《经典咏流传》之后，身为一名教育工作者，内心十分感动。据我了解，从节目里走出来的《明日歌》已经成了很多校园的班歌，《苔》《墨梅》《木兰诗》《定风波》等等歌曲都有很高的传唱度。

用广大观众尤其是年轻一代喜闻乐见的方式来传播经典，这是值得肯定的尝试。客观来说，传统经典与当代读者存在隔膜，尤其对于尚有理解障碍的孩子们来说，许多经典需要“导读”才能辅助他们进入阅读状态，否则容易形成他们对经典的抵触情绪。从这个层面来说，《经典咏流传》不是一档简单的音乐节目，它创造性地嫁接当下的语言、吻合当下的语境，对古典诗词进行谱曲、传唱，在普及的基础上进行传承，让年轻一代感受到优秀传统文化的美感，是很有意义的“导读”工作。

现在，整个社会、整个生活都太闹了，许多人完全没有办

法静下来，十五分钟阅读的耐性都没有。实话实说，电视节目不能解决教育问题，音乐也替代不了文学，《经典咏流传》的创新普及只是第一步，现代流行音乐的改编有助于他们去接触和感知，但不能仅仅依赖于此，真正的阅读需要更进一步，抛开这种形式自己沉浸到书籍中去。《经典咏流传》现在的传播影响力很大，大量作品被许多孩子哼唱，他们之中或许有百分之五、百分之十乃至更多会因为音乐的牵引去自发寻找原著拜读，而这些孩子又会长成我们未来极具阅读素养的国民。我想，这就是节目最大的意义所在。

传统经典文化的学习，越来越重要了，这不只是学习语文的需要，也是为学生的一生“打底子”的需要。全新的“统编版”语文教材有一个非常明显的变化，传统文化篇目大幅增加。可以说，新编语文教材在激发阅读兴趣和拓展课外阅读方面下了很大功夫，专治“不读书”和“少读书”，以前的课文都是一篇一篇讲，但是到了高中阶段我们设计了很多整本书的阅读，以后都是一组一组来讲，还不光是读，更要求学生参与一些创造性的活动。年轻一代的书香之气，需要整个社会的氛围营造。如果我们有百分之二十的家庭有些读书的氛围，整个社会的文明程度也就可能大大好转。在我看来，《经典咏流传》让中国的传统文化多了一种普及渠道，也让中国音乐多了一份文学底蕴，值得继续做下去。

这些年来，我由衷希望带动大家回到教育的本意上去理解语文教学，把学生被应试式教育“败坏了的胃口”调试过来。如果仅仅限于语文教材，不做课外阅读，无论怎么操练都无法提高语文素养。语文教学的“牛鼻子”，就是培养读书兴趣。我多次表达过，要让中小学生“海量阅读”，学会“连滚带爬”地读。在阅读兴趣的培养上，我提倡语文教学采取“1 加 X”的思路，教一篇古文连带让学生读四五篇古文，所增加的“X”部分不一定读那么精，有了足够的阅读量，语感才能出来。

为了能让学生亲近文化，领悟经典，只要不恶搞，各种方式都可以尝试。举个例子，《离骚》被很多人称为“最难背的古文”，我注意到《经典咏流传》也将这首古典诗词和编钟之音一起呈现于舞台之上，创作了一首大气磅礴的《上下求索》。通过这样的改编，哪怕多一个人愿意去亲近和了解屈原的心声，它就是积极而有效的。

读经典是“磨性子”，也是思想爬坡，虽然有些难和累，但每上一个高度，都能有所收获。年轻人总是比较喜欢流行文化，这可以理解。但有一条，人不能光是消费，要有积累，要多去获取那些经过时间筛选的精美的东西。读书养性，写作练脑。现在这个社会太浮躁，应该有一个空间让自己沉下来，抚慰自己的心灵，读书就是一种好的方法。

2018 年 4 月

小学部分

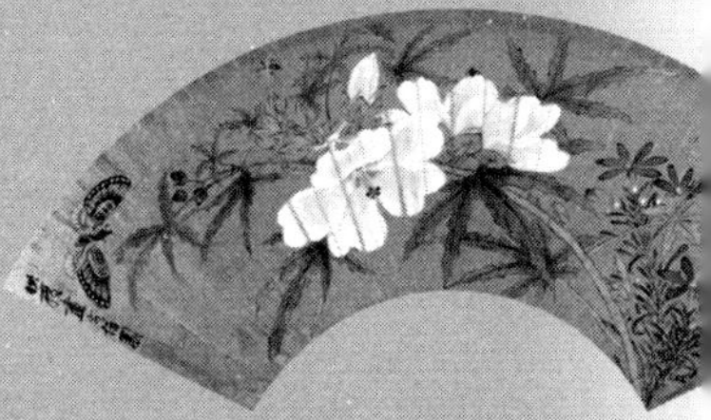

采薇（节选）

［先秦］诗经·小雅

昔我往矣，
杨柳依依。
今我来思，
雨雪霏霏。

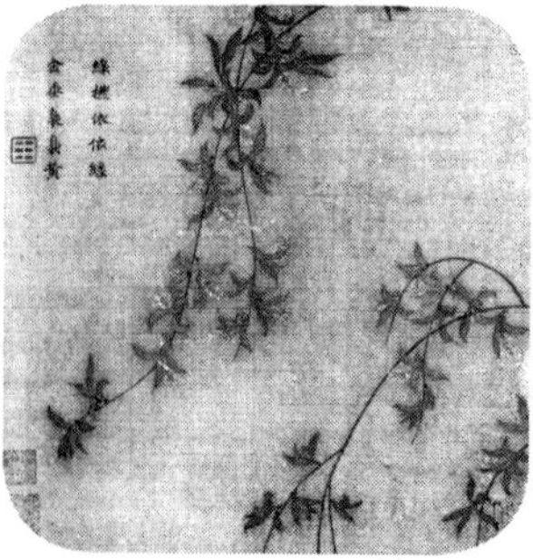

《诗经》是我国最早的诗歌总集，先秦称为《诗》，汉代尊为经典，始称《诗经》。共收西周初年至春秋中叶的朝庙乐章及民歌三百一十一首，其中六篇有目无诗，实际收诗三百零五篇。全书分国风、小雅、大雅、颂四体。十五国风中大部分是民歌。《采薇》中的这几句，写征人出征和返回时的今昔对比。当初出征时，杨柳青青；如今归来，冬雪飘飘。情景如画，征人悲喜交集的复杂心情也不言而喻。这四句诗从艺术手法上得到后来批评家的高度肯定，尤其明末清初的王夫之在《姜斋诗话》评价说它“以乐景写哀，以哀景写乐，一倍增其哀乐”，是公认的佳评。

江南

汉乐府

江南可采莲，
莲叶何田田。
鱼戏莲叶间。
鱼戏莲叶东，
鱼戏莲叶西，
鱼戏莲叶南，
鱼戏莲叶北。

乐府是秦汉时期官方设立的音乐机构，汉武帝时曾经大规模地扩建乐府，并从全国各地收集民间诗歌，配乐演唱。有许多歌辞一直流传到今天，人们把这些歌辞也称作“乐府”，后来“乐府”就成为一种诗歌体裁名称。这首诗属于汉乐府“相和歌辞”，是一首一人唱、多人和的歌。诗的后面五句每句只改变一个字，正表明了这种唱和的特点。歌中描绘了江南荷花的丰茂盛美、鱼儿在荷花荷叶间自由自在嬉戏的情景，同时也暗示了采莲人正在快乐嬉戏，简明欢快，充满江南风情。

长歌行

汉乐府

青青园中葵，
朝露待日晞。
阳春布德泽，
万物生光辉。
常恐秋节至，
焜黄华叶衰。
百川东到海，
何时复西归？
少壮不努力，
老大徒伤悲。

《长歌行》属于乐府中的“相和歌辞”。全诗由春日清晨园圃中的葵菜写起，联想到春去秋来，花落叶衰，感慨青春短暂、生命易逝，从而得出“少壮不努力，老大徒伤悲”的结论，劝诫世人惜时发愤。

七步诗

［三国·魏］曹植

煮豆持作羹，
漉菽以为汁。
萁在釜下燃，
豆在釜中泣。
本自同根生，
相煎何太急？

曹植（192—232），字子建，沛国谯县（今安徽亳州）人。曹操第三子，生前曾为陈王，去世后谥号“思”，又称陈思王。据《世说新语》记载，这首诗是曹植所做。当时魏文帝曹丕为了害曹植，限他在七步之内做一首诗，否则就要杀头。于是曹植在七步之内做了这首诗，曹丕听了以后面带愧色，放过了曹植。这首诗后来在《三国演义》中被改成四句，前三句改为一句“煮豆燃豆萁”，后面不变，流传更广。但学者一般持怀疑态度，认为可能是后人附会。全诗明白晓畅，情理兼善，明写煮豆燃萁，暗指兄弟阋墙，形象生动，发人深省。“本自同根生，相煎何太急？”两句，更是痛心疾首，规劝世人不要为了功利而不顾亲情互相残杀。可惜深陷名缰利锁的人却未必能因此改变自己的冷酷无情。

敕勒歌

北朝民歌

敕勒川，
阴山下，
天似穹庐，
笼盖四野。
天苍苍，
野茫茫，
风吹草低见牛羊。

敕勒川，在今山西北部及甘肃、内蒙古南部一带。相传这是北齐武将斛（hú）律金演唱的一首敕勒民歌，原文是鲜卑语，后来才翻译成汉语。它生动地描绘了我国北方草原辽阔壮丽的风景，表达了游牧民族对于家乡的热爱。虽然它是从鲜卑语翻译过来的，但语句自然流畅，富有节奏感和韵律美，读起来朗朗上口，被前人称为“千古绝唱”。

咏鹅

［唐］骆宾王

鹅，鹅，鹅，
曲项向天歌。
白毛浮绿水，
红掌拨清波。

相传写这首诗的时候，骆宾王只有七岁。短短十几个字，生动传神地刻画了儿童眼中的大白鹅形象：开头一连三个“鹅”，是在模仿鹅的欢叫，也表现了儿童看见鹅后的惊喜。后面两句使用一连串颜色词：白，绿，红，清，构成了一幅色彩鲜明的图画。整首小诗音韵轻快、画面纯净、风格自然活泼，是一首优秀的儿童诗。

风

［唐］李峤

解落三秋叶，
能开二月花。
过江千尺浪，
入竹万竿斜。

李峤（645?—714?），字巨山，赵州赞皇人。他是唐朝武后、中宗时著名宫廷诗人，与杜审言、苏味道、崔融并称“文章四友”。这首小诗实际上是一篇以“风”为描写对象的说明文。什么是风呢？它看不见，摸不着，但你又时时处处都能感受到它：它在秋天能够吹落树叶，在春天能够催发鲜花。吹过江面时，掀起千尺高的巨浪；吹入竹林时，千竿万竿的竹子纷纷倾斜倒伏。全诗中没有出现一个“风”字，但读后仿佛可以听到满纸都是飒飒的风声。如果把题目盖住，这四句话其实就是一个谜语。把这首诗念给别人听，看他能不能猜出诗人写的是什么。

咏柳

［唐］贺知章

碧玉妆成一树高，
万条垂下绿丝绦。
不知细叶谁裁出，
二月春风似剪刀。

贺知章（659—744），字季真，晚号四明狂客，越州永兴（今浙江萧山）人。生活于盛唐时期。他喜欢饮酒，被杜甫称为“酒中八仙”之一，和李白的关系很好。春天来了，柳树开始发芽变绿。经过了一个漫长灰暗的冬季，诗人看到柳树碧绿柔软的枝条在和煦的春风中摇曳，心中充满喜悦之情。他一连使用好几个比喻，来表达自己对于传递春天消息的柳树的喜爱：树干像碧玉，枝条像丝绦。而二月的春风，正是裁剪出这些纤柔嫩叶的剪刀。碧玉，是美玉的名字，也是美女的名字。所以也可以说，诗人把春天的柳树，比喻成了打扮得漂漂亮亮的小姑娘。这些新颖贴切的比喻是本诗的重要特色。

回乡偶书

［唐］贺知章

少小离家老大回，
乡音无改鬓毛衰。
儿童相见不相识，
笑问客从何处来。

这是广为传诵的一首小诗，写出了无数人久别回乡时，胸中的万千感慨。天宝三载（744），贺知章辞官返回越州老家。唐玄宗亲自作诗相送，还把镜湖赐给他养老。回到故乡后，他写了两首《回乡偶书》，这是其中第一首。诗人八十六岁还乡，此时离家已经五十多年。“少小离家”和“老大回”，“乡音无改”和“鬓毛衰”，儿童的嬉笑和老人的感慨，都形成鲜明对比。

登鹳雀楼

[唐]王之涣

白日依山尽，
黄河入海流。
欲穷千里目，
更上一层楼。

王之涣（688—742），字季凌，太原人，一生中在政治上不太得意。他描写西北边地风光的诗大气磅礴，音韵优美。绝句成就很高，可惜流传下来的作品很少，《全唐诗》仅录存其诗六首。鹳雀楼，唐代著名登高胜地，原址在今山西省永济的黄河边上。这首小诗虽然只有短短二十个字，却包含着深刻的哲理。诗人登上高高的鹳雀楼，极目四望，看到太阳慢慢向西山落去，黄河正奔流不息，由此悟出了一个道理：只有站得高，才能看得远。如果想要看到更为广阔的风景，就必须努力再上一层楼。

凉州词

［唐］王之涣

黄河远上白云间，
一片孤城万仞山。
羌笛何须怨杨柳，
春风不度玉门关。

这首诗开头两句写得开阔苍凉：在苍茫的大地上，九曲黄河蜿蜒流淌，仿佛是从天上白云间流来。万仞高山之下，矗立着一座孤城，这就是当时重要的边疆关口玉门关。许多战士戍守在这里，远离家乡和亲人。在这种苍茫荒凉的自然环境中，对家乡和亲人的思念当然会更加强烈。有人吹奏起曲调悲伤的《折杨柳》。诗人听着曲子，看到杨柳依然一派枯黄，想到家乡的树木应该早就发芽变绿，更加寂寞悲伤。但是他仍然宽慰自己：早就知道春风从来都不会来到这里，又何必悲伤呢？实际上，这种故意装出来的旷达，透露了战士们更为深刻的孤独和怨愤。

春晓

［唐］孟浩然

春眠不觉晓，
处处闻啼鸟。
夜来风雨声，
花落知多少。

孟浩然（689—740），襄州襄阳（今湖北襄阳）人。早年隐居在家乡的鹿门山，四十岁时到长安考进士落第，返回襄阳，终生都没有做官。他擅长写五言诗，与王维并称为“王孟”，是山水田园诗派的代表。他的山水诗清新恬淡，意境高远，颇受世人推崇。

这首小诗写得清新可爱。春天来了，天亮得越来越早，诗人一觉醒来，发现天光早已大亮，天气晴好，满耳朵都是小鸟儿唧唧喳喳的啼鸣。诗人突然想起，好像夜里听到了刮风下雨的声音，心中不由得担忧：那些盛开的鲜花怎么样了？会不会在风吹雨打中纷纷凋落？对落花的担忧，正体现了诗人对于春天的珍爱与怜惜。

过故人庄

［唐］孟浩然

故人具鸡黍，
邀我至田家。
绿树村边合，
青山郭外斜。
开轩面场圃，
把酒话桑麻。
待到重阳日，
还来就菊花。

这是孟浩然的名作之一。以日常生活入诗需要很高的艺术才能，孟浩然在此用白话一样的语言叙述了一次和老朋友的约会过程。寥寥八句，农村生活的情趣，田园风光的适意，友情的真挚质朴，都跃然纸上。全诗风格恬静，对仗妥帖，毫无雕琢做作之感，读起来亲切自然。从表面看本诗纯属白描，不动声色，但却自有深情蕴含其中。沈德潜所谓“篇法之妙，不见句法”，切中肯綮。其实不只不见句法，也不见字法，只是一片生机，一片化境。

凉州词

［唐］王翰

葡萄美酒夜光杯，
欲饮琵琶马上催。
醉卧沙场君莫笑，
古来征战几人回？

王翰，唐朝诗人，字子羽，生卒年不详，并州晋阳（今山西太原）人。性格豪放，能文善诗。他善于描写边塞生活，这首《凉州词》是他的代表作，也是一首脍炙人口的边塞诗。前两句写边疆勇士痛饮美酒、尽情欢乐：精美的夜光杯里斟满了甘醇的葡萄美酒，勇士们在激越的琵琶声的催促下开怀畅饮。后两句是勇士们为自己辩解：即使醉卧沙场您也不应该嘲笑，自古以来出征的战士有几个能活着回来呢？表面的狂欢掩盖不住内心的沉痛：有谁知道自己这一去能不能平安归来？视死如归固然是士兵应该具备的品德，但是那些轻率发动战争、不珍惜士兵生命的统治者就没有责任吗？

出塞

［唐］王昌龄

秦时明月汉时关，
万里长征人未还。
但使卢城飞将在，
不教胡马度阴山。

王昌龄（698?—757?），字少伯，京兆（今陕西西安）人，一说太原（今山西太原）人。他擅长七绝，曾任江宁丞，人称“诗家天子王江宁”。他的边塞诗气势雄浑，格调高昂。宫怨诗的成就也很高。这是一首后人推崇备至的边塞诗。首句“秦时明月汉时关”，向读者展现了一幅极具历史感、空间感的恢宏画面，“万里长征人未还”，精练地总结了战争带给人民的苦难与悲怆。最后两句点出了全诗的主旨，既歌颂了古代名将，也委婉地表达了对现实的不满，感叹国无名将，致使边患不绝。这正是广大人民的心声。在这首诗中，诗人的非战思想和对人民的同情都表现了出来。卢城，一作“龙城”。

芙蓉楼送辛渐

［唐］王昌龄

寒雨连江夜入吴，
平明送客楚山孤。
洛阳亲友如相问，
一片冰心在玉壶。

芙蓉楼在今江苏镇江西北。这首诗作于王昌龄任江宁丞时，大约在开元二十九年（741）以后。他的朋友辛渐要去洛阳，他到江边饯行。王昌龄此时的处境并不顺利，此前曾两次被贬官。但他并没有屈从，在这首诗中表现了自己坚持高贵洁白品德的决心。诗的前两句写雨中送别的情景：满江的寒雨在夜间悄悄地降临，早晨送别友人，心中孤独，甚至觉得连山也孤孤单单的。诗人拜托朋友告慰远方洛阳的亲友：洛阳的亲友如果问起我，就说我的心像玉壶中的冰一样洁白无瑕，不沾染污垢。

九月九日忆山东兄弟

［唐］王维

独在异乡为异客，
每逢佳节倍思亲。
遥知兄弟登高处，
遍插茱萸少一人。

王维（701—761），字摩诘，蒲州（今山西永济）人，祖籍太原祁州（今山西祁县）。他九岁就开始写作，被人称作神童。后来做官做到尚书右丞，因此人们又叫他“王右丞”。王维是山水田园诗派的代表人物，还擅长书法、绘画、音乐，精通佛理。这是一首怀乡诗，据说王维写作这首诗时只有十七岁。当时他远离家乡独自住在长安，本来就非常想家。又恰逢重阳佳节，看到别人都热热闹闹地出去登高游玩，这种心情就更加强烈。“每逢佳节倍思亲”成为这种心情的真实写照。后两句笔锋一转，设想留在家乡的兄弟们如何牵挂自己：他们在分插茱萸的时候，一定会意识到今年比往年少了一个人！

鸟鸣涧

［唐］王维

人闲桂花落，
夜静春山空。
月出惊山鸟，
时鸣春涧中。

王维是大诗人，同时也是大画家。他的作品，正如苏轼所说：“味摩诘之诗，诗中有画，观摩诘之画，画中有诗。”这首诗写连续变化的夜景，前两句是以静衬动，周围的静衬托桂花的动，但整体氛围是静态。后两句以动衬静，月出之动惊动山鸟之鸣，山鸟的叫声反衬夜山的静，整体氛围又变为动态。这首诗不仅是对外界景物的描写，也是作者心境的呈现。只有极空灵极平和的心态才能有如此细致入微的观察和体会。心静如水，才能闲看桂花飘落；万籁俱寂，愈发凸显春山空旷。虽然全诗的风格清微淡远，但其中却有一种勃然的生意，可见王维对生命的深刻理解和独到诠释。

鹿柴

［唐］王维

空山不见人，
但闻人语响。
返景入深林，
复照青苔上。

鹿柴是王维辋川别墅中的一处风景区，在今陕西省蓝田终南山中。王维晚年住在自己终南山的辋川别墅中，在这里写下了大量山水诗，其中的代表作《辋川集》共二十首，这是第四首，描绘了傍晚时分鹿柴附近宁静幽美的风景。前两句以动写静：空山里看不见一个人，偶尔可以听到有人说话，声音消逝后，山中显得更加宁静。后两句则描写夕照，夕阳的一缕余晖照射到幽深茂密的树林中，又映射到青青的苔藓上。诗人敏锐地捕捉到了光与影的这种转瞬即逝的组合，并用精练的语言表达出来，为我们留下了一幅生动清幽的图画。

送元二使安西

［唐］王维

渭城朝雨浥轻尘，
客舍青青柳色新。
劝君更尽一杯酒，
西出阳关无故人。

安西在今新疆维吾尔自治区库车境内。渭城即秦都咸阳，汉时改名渭城，在今陕西咸阳东北。阳关在今甘肃敦煌西南古董滩附近，因在玉门关之南而得名。这首诗当时就在社会上广为传唱，被称为《阳关三叠》，又叫《渭城曲》。开头两句描写送别的环境和景物：晨雨打湿了地面上的轻尘，客舍的柳树被雨水冲洗过以后，更加青翠，犹如一幅淡水墨画，意境优美。后两句仿佛随口道来：再喝一杯吧，出了阳关就没什么老朋友了。正是这感情自然流露的朴实语言，打动了一代又一代的读者。

古朗月行（节选）

［唐］李白

小时不识月，
呼作白玉盘。
又疑瑶台镜，
飞在青云端。
仙人垂两足，
桂树何团团。
白兔捣药成，
问言与谁餐？

李白（701—762），字太白，号青莲居士，伟大的浪漫主义诗人，他的诗歌想象奇特，豪放天纵，语言清新自然，被称为“诗仙”，与杜甫并称“李杜”。在这一段中，诗人首先回忆自己小的时候不认识月亮，一会儿认为它是白玉盘，一会儿认为它是神仙用的镜子。听大人讲月亮里住着神仙，有桂树和捣药的白兔，又渴望进一步了解那些仙人长得是什么样子，桂树下的白兔为什么要捣药，它的药又被谁吃掉了，等等。好奇是儿童的天性，虽然并不是所有的问题都会得到答案，但是无拘无束的幻想与想象却是儿童幼小心灵飞翔的翅膀。这几句诗，把自己儿童时的想象与神话传说故事结合起来，充满了稚气与童趣。

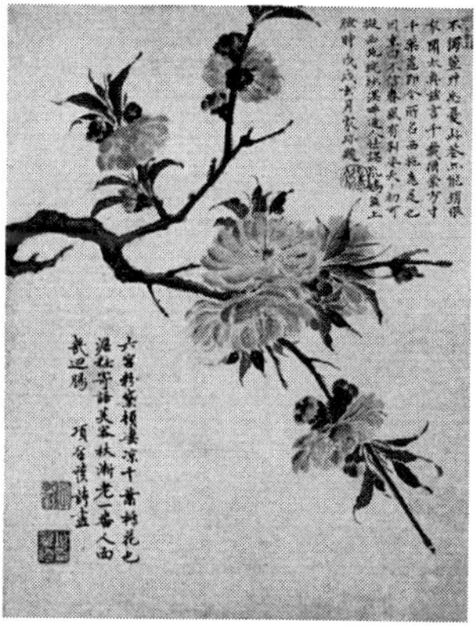

赠汪伦

［唐］李白

李白乘舟将欲行，
忽闻岸上踏歌声。
桃花潭水深千尺，
不及汪伦送我情。

汪伦是住在安徽泾县桃花潭附近的一位村民。天宝十四载（755），李白从秋浦（今安徽贵池）到泾县漫游，受到了汪伦的热情接待，汪伦经常准备美酒来款待他，走时又来送行，李白非常感动，写诗相赠。诗的前两句是叙事，诗人已经登上了小船，就要起身，汪伦却还没有来，诗人稍稍有些失望。突然，岸边传来熟悉的歌声，未见其人，先闻其声，“忽闻”二字，刻画出诗人的惊喜。后两句巧妙使用比喻，不说汪伦的情谊像千尺潭水一样深，而是更进一步，说无论潭水如何深，都比不上汪伦对我的深情。这是一曲友谊的赞歌。

静夜思

［唐］李白

床前明月光，
疑是地上霜。
举头望明月，
低头思故乡。

一个夜晚，诗人看到地面上如霜的月光，自然而然地抬头去看月亮。月亮是中国古代诗歌中的重要描写对象之一，每个人看见月亮的感受都是不一样的。诗人李白此刻想到了什么呢？身在异地他乡，自然地想到了自己的故乡。故乡的亲人此时此刻大概也在月光下思念着自己吧？被乡愁折磨的诗人再也难以入睡。整首小诗明白如话，仿佛脱口而出，全然没有任何雕饰，但是其感人的力量却是永恒的。

望庐山瀑布

［唐］李白

日照香炉生紫烟，
遥看瀑布挂前川。
飞流直下三千尺，
疑是银河落九天。

庐山是我国名山之一，在江西省九江市南。香炉峰是庐山西北部的一座高峰，形状尖而圆，峰中烟云聚散缭绕，就像一座香炉，因此得名。这首短诗是歌咏庐山瀑布的千古名篇，是诗人晚年途经庐山时写的。诗人观赏瀑布时并没有走到瀑布跟前，只是远远地观望。他向我们描述的是瀑布的全景：香炉峰沐浴在灿烂的阳光下，紫气蒸腾，烟云缭绕，宛若仙境，一条瀑布从高高的山上飞流直下，好像一条大河垂挂在山前。人间怎么会有如此气度非凡、雄伟壮丽的河流呢？诗人想，也许是天上的银河泻落到人间了吧？“三千尺”的夸张，“银河落九天”的神奇想象，都使得这首诗非同凡响。

夜宿山寺

［唐］李白

危楼高百尺，
手可摘星辰。
不敢高声语，
恐惊天上人。

李白的思想中有浓重的道教成分，加上他自己的浪漫性格，因此，他的诗歌中常常出现大胆的想象、任性的夸张。这座寺中的楼很高，在夜里站在楼上眺望星空时，感觉离天很近，仿佛星辰就在身边，伸手就可以摘下来。这种想象力、这种气魄已经很了不起，接下来作者进一步翻空出奇，再次展开想象，觉得天上应该有人居住，如果大声说话，就会惊动到他们吧。寥寥二十字，从视觉到触觉到听觉，想象不断跳跃，展开一幅缥缈神奇的星空图卷，简直就是一篇超短的科幻小说。

望天门山

［唐］李白

天门中断楚江开，
碧水东流至此回。
两岸青山相对出，
孤帆一片日边来。

天门山是安徽当涂的东梁山与和县的西梁山的合称，两座山分别位于长江的东西两岸，就像一座天然的门户，所以称作“天门”。楚江指安徽当涂一带的长江，这里古代属于楚国。这是一幅壮阔优美的山水风景画，雄伟的天门山拔地而起，夹江对峙，远远望去，像一座天然的大门。江水流到这里变得湍急汹涌，天门山好像就是被这湍急的楚江从中间冲断的。斜阳下驶来的一片孤帆，成为整幅图画的点睛之笔，画面因此变得更加生动。

黄鹤楼送孟浩然之广陵

［唐］李白

故人西辞黄鹤楼，
烟花三月下扬州。
孤帆远影碧空尽，
唯见长江天际流。

黄鹤楼在今武汉市内。李白寓居湖北省安陆时期（727—736），与诗人孟浩然结下了深厚的友谊。有一次孟浩然要去扬州，李白在黄鹤楼为他送行，写了这首诗。这首诗没有一般送别诗的忧愁苦恨，而是明朗轻快，春意盎然。李白善于写景，末二句情景交融，尤其传神：朋友乘坐的帆船在碧空下渐渐远去，终于消失在天边，只剩下滔滔江水滚滚东流。我们不难想象久久伫立江边目送朋友离去的诗人对朋友的一片深情。

独坐敬亭山

[唐]李白

众鸟高飞尽，
孤云独去闲。
相看两不厌，
只有敬亭山。

敬亭山，在今安徽宣城市北。李白游历到这里时，写了这首诗。意思是：我独自坐在山前，鸟儿都飞走了，天上一朵白云也悠悠远去，只有敬亭山，我看着它，它看着我，谁也没有厌倦。

早发白帝城

［唐］李白

朝辞白帝彩云间，
千里江陵一日还。
两岸猿声啼不住，
轻舟已过万重山。

白帝城在今重庆市奉节县东白帝山上。江陵即今湖北省江陵。古人认为从白帝城到江陵有一千多里，实际上是六百多里。唐肃宗乾元二年（759），李白因罪被流放夜郎（在今贵州省境内）。走到白帝城时遇上皇帝大赦，他欣喜若狂，立即动身返回，并写了这首诗表达自己喜悦畅快的心情：早晨辞别了朝霞缭绕的白帝城，千里之遥的江陵，由于是顺流而下，一日之间就可以到了。小船的轻快和心情的轻快是互相呼应的，诗人不由得想起当初来的时候，逆流而上，又是戴罪流放，心情当然格外沉重。现在小船在千山万水中轻快地前进，两岸猿声响成一片，走出很远，仿佛还能听见。眼前的一切恍惚如梦，似乎诗人对这个好消息还有些难以置信。整首诗写得轻灵飞动，生动地传达了诗人的喜悦之情。

三五七言

［唐］李白

秋风清，
秋月明。
落叶聚还散，
寒鸦栖复惊。
相思相见知何日，
此时此夜难为情。

这首诗有三言、五言、七言各两句，所以题名《三五七言》。也有人怀疑不是李白所作，但宋代编纂的李白集里已经收了这首诗，所以姑且存疑。此诗曾被金庸写进小说《神雕侠侣》，作为结尾词，流传就更广了。诗中写月夜相思，词句流丽，情思婉转，非常动人。

别董大

［唐］高适

千里黄云白日曛，
北风吹雁雪纷纷。
莫愁前路无知己，
天下谁人不识君？

高适（702?—765），字达夫，曾历任淮南、西川节度使，封渤海县侯，与岑参并称“高岑”，是唐代边塞诗的代表作家。他的边塞诗气势雄浑，感情真挚。董大即当时著名的音乐家董庭兰。他是诗人的朋友。这是一首送别诗，在大雪纷扬、日光昏暗的恶劣天气里分别，心情肯定更加郁闷。但是诗人并没有沉溺于悲伤之中，而是豁达地劝慰朋友：放心上路吧，以您的才华和名气，走到哪里都会有朋友的。整首诗不同于普通送别诗的悲切惜别，立意新颖，格调豪爽，语言质朴而真诚。

绝句

［唐］杜甫

两个黄鹂鸣翠柳，
一行白鹭上青天。
窗含西岭千秋雪，
门泊东吴万里船。

杜甫（712—770），字子美，中国文学史上伟大的现实主义诗人。他长期与下层人民生活在一起，“安史之乱”中看到了许多惨象。他的诗反映了唐代由盛转衰的广阔社会面貌，故被称为“诗史”，风格多样，而以沉郁顿挫为主。他被后人誉为“诗圣”，与李白并称“李杜”。这首诗是杜甫晚年居住在成都草堂时写的。当时诗人生活比较安定，心情比较轻松，所以笔下的景物也清新优美，生机勃勃：两只黄鹂在翠绿的柳树枝头鸣叫，一行白鹭飞过蓝天。凭窗远眺，诗人看见了连绵的雪山，看到了江边的商船。由于连年战乱，交通阻隔。现在距离成都千里迢迢的东吴，也有船只能够到达这里，可见路途已经比较安全。这看似平淡无奇的一句，也透露了诗人对于国事民生的关注。

绝句

［唐］杜甫

迟日江山丽，
春风花草香。
泥融飞燕子，
沙暖睡鸳鸯。

这是一首清丽可喜的小诗。第一句概括地描写春天风景的总貌：春天到来了，江山秀丽如画。第二句着重写春天的味道：春风送来阵阵花草的芳香。第三句写飞来飞去衔泥筑巢的燕子，强调“动”；第四句写在暖暖的沙滩上睡觉的鸳鸯，强调“静”。就这样，动中有静，静中有动，再加上令人心旷神怡的颜色和味道，共同构成一幅春意盎然的优美图画。

春夜喜雨

[唐]杜甫

好雨知时节，
当春乃发生。
随风潜入夜，
润物细无声。
野径云俱黑，
江船火独明。
晓看红湿处，
花重锦官城。

锦官城即成都。这首诗写于唐肃宗上元二年（761）春天，当时杜甫定居成都浣花溪畔的草堂已经两年。这首诗的描写对象是“雨”，是春雨，夜雨，喜雨。诗人敏锐地抓住这场雨的特征，从各个方面进行描摹刻画。头两句强调“春雨”。俗话说“春雨贵如油”，在万物复苏的季节，每一场雨都会催发无数生命。这场雨就是这样，仿佛知晓人们的心思，在最需要的时候悄然来临。后面六句集中写“夜雨”，野外一片漆黑，只有一点渔火若隐若现，诗人兴奋地猜测：等到天明，成都城里该是一派万紫千红吧，雨后的鲜花应该更加娇艳。诗句中虽然没有出现“喜”字，但仔细品味，哪句话中不透露着浓浓的喜悦之情呢？

江畔独步寻花（其五）

［唐］杜甫

黄师塔前江水东，
春光懒困倚微风。
桃花一簇开无主，
可爱深红爱浅红？

这首诗写于上元元年（760），当时杜甫居住在成都草堂，生活比较安定，心情也比较好。春暖花开时节，诗人独自沿着江边散步赏花，触景生情，一连写了七首诗，这是其中的第五首。寻花的地点是在黄师塔前（黄师塔指一位姓黄僧人的墓所），这里江水碧绿，春光明媚，微风轻拂。暖洋洋的天气不由得让人有些“懒困”。诗人不说微风吹人，而说人仿佛是“倚”着春风，更加强调了舒服的感受。后两句写花，这里的花并不多，不像“黄四娘家”的“千朵万朵压枝低”，而是“桃花一簇开无主”，深红、浅红相互辉映。诗的最后一句采用疑问语气，显得更加轻松欢快。

江畔独步寻花（其六）

［唐］杜甫

黄四娘家花满蹊，
千朵万朵压枝低。
留连戏蝶时时舞，
自在娇莺恰恰啼。

这首诗和前首属于同一组，是其中的第六首，寻花地点是黄四娘家。这里的花非常多，压弯了枝头。后两句对仗工整，语言优美，表现了诗人轻松愉快的心情。黄四娘这个名不见经传的小人物，也因为杜甫这首可爱的小诗，流传千古。

闻官军收河南河北

[唐] 杜甫

剑外忽传收蓟北，
初闻涕泪满衣裳。
却看妻子愁何在，
漫卷诗书喜欲狂。
白日放歌须纵酒，
青春作伴好还乡。
即从巴峡穿巫峡，
便下襄阳向洛阳。

人们公认杜诗的特点是沉郁顿挫。连年战乱给这位悲天悯人的大诗人带来沉重的负担，既有对国家前途的担忧，又有对民众的慨叹，加上自家老小遭受的苦难，让杜甫的心态未老先衰，写下众多饱含艰辛、催人泪下的诗句。但这首却完全不同，风格轻快洒脱，一扫愁苦之态。原来是听到了叛乱平定的好消息。诗人悲喜交加，涕泗横流。家人欢喜，自己也高兴得仿佛要发狂。“白日放歌须纵酒，青春作伴好还乡”两句，分明是“老夫聊发少年狂”的做派。而尾联两句，以“即”“便”二字领起，极言迫切。用四个连续的地名穿越千里，思绪飞驰，仿佛乘奔御风。浦起龙说这是杜甫“生平第一首快诗”，真可谓老杜的千古知音。

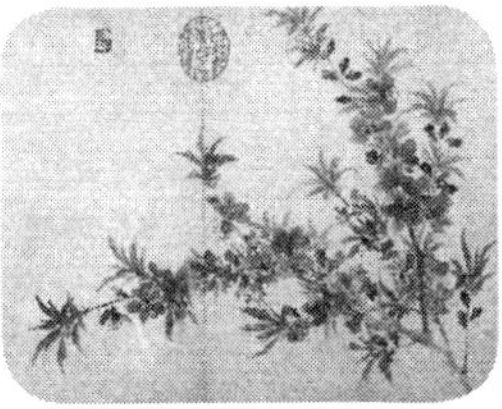

渔歌子

［唐］张志和

西塞山前白鹭飞，
桃花流水鳜鱼肥。
青箬笠，绿蓑衣，
斜风细雨不须归。

张志和，唐代诗人，生卒年不详，字子同，金华（今浙江金华）人。少年有才华，擅长音乐绘画，曾在朝廷做官，后弃官归隐，出家作了和尚。他的作品大多描写自己隐居闲散的生活。西塞山在今浙江省吴兴西。青山白鹭，流水游鱼，斜风细雨，以及安然闲适、半钓半隐的渔翁，这是一幅典型的江南山水水墨画。渔翁是中国艺术作品中经常出现的人物形象，通常是自由、适意、知足、悠闲的象征，向往自由闲适人生的艺术家经常在这种形象中寄寓自己的人生追求。在这首词中我们就不难从渔翁身上看到诗人自己的影子。

枫桥夜泊

［唐］张继

月落乌啼霜满天，
江枫渔火对愁眠。
姑苏城外寒山寺，
夜半钟声到客船。

张继，字懿孙，唐代诗人，生卒年不详，南阳（今河南南阳）人。枫桥在今江苏省苏州西郊。姑苏是苏州的别称。寒山寺则是苏州枫桥附近的一座寺庙。这是一篇描写羁旅情思的传世名作。人在旅途，远离故乡，夜晚停泊在异地他乡的江面上，心中自然充满乡愁。江边的枫树黑黝黝的，江中一点渔火若明若暗，与难以入睡的诗人无言相对。好容易睡去，半夜又被寒山寺中传来的钟声惊醒。全诗弥漫着淡淡的忧郁与感伤。

滁州西涧

［唐］韦应物

独怜幽草涧边生，
上有黄鹂深树鸣。
春潮带雨晚来急，
野渡无人舟自横。

韦应物（737—792），唐代诗人。长安人。因做过苏州刺史，世称“韦苏州”。诗风恬淡高远，以善于写景和描写田园隐逸生活著称。这首诗大概是唐德宗建中二年（781）韦应物任滁州刺史时所作。处理完公务之后，他经常到郊外观赏景色，一天在滁州西涧，写下了这首小诗。诗歌大意为：我最喜爱幽静山涧边，青草悄悄生长，上面有黄鹂在深深的树林中啼鸣。傍晚时分，春潮夹带着雨水，水流湍急，偏僻的渡口没有行人，只有小船随意停靠在岸边。这是一首山水名诗，好在“怜”字。草、涧、鸟、树、潮、雨、舟等几种事物，被诗人用喜爱的情绪串联起来，构成了一幅意境幽远的山水画。

塞下曲

［唐］卢纶

月黑雁飞高，
单于夜遁逃。
欲将轻骑逐，
大雪满弓刀。

卢纶（748?—799?），字允言，河中蒲（今山西永济）人，“大历十才子”之一。他的诗多感时伤乱之作，但也有些写得苍劲雄浑，比如这首《塞下曲》。卢纶的《塞下曲》一共六首，这是第三首，描写边疆的将士在一个没有月亮、大雪纷飞的夜晚追击偷偷逃跑的敌人的情景。寒冷的夜晚，到处都是一片漆黑，在夜幕和风雪的掩护下，狡猾的敌人打算悄悄逃走。他们的行动惊动了已经栖息的大雁，大雁高高飞起，引起了将士们的警觉。发现了敌人的动向以后，将军当即决定率领轻骑部队追逐。部队整装待发，诗人没有正面描写铺叙将士的精神风貌、神武英姿，而是捕捉了一个不为常人注意的细节：士兵们手中的弓箭大刀上落满了雪花。诗人让镜头离开了勇士的面部，聚焦在落满雪花的武器上。此时无声胜有声，在这个画面中，我们虽然看不到英勇守卫边疆的将士，但是在漫天飘飞的雪花和寒光凛凛的兵刃的辉映中，他们的豪迈气概已经跃然纸上。

游子吟

［唐］孟郊

慈母手中线，
游子身上衣。
临行密密缝，
意恐迟迟归。
谁言寸草心，
报得三春晖。

孟郊（751—814），字东野，湖州武康（今浙江德清）人。这首诗是作者担任溧阳县尉时所作。孟郊当时已经五十岁，把母亲接到任上奉养，并写了这首小诗，表达自己对于母亲养育之恩的感激。这是一首赞美母爱的脍炙人口的小诗。前四句截取了家庭生活中一个常见的场景——母亲为将要出门的孩子缝制衣裳——进行描写，语言浅显朴素，但浓浓的亲情已经洋溢其中。后两句用小草与阳光比喻孩子与母亲的关系，充满了对母亲的感激之情。这首诗也是孟郊诗中为数不多的亲切自然、浅显流利的作品之一。

秋思

［唐］张籍

洛阳城里见秋风，
欲作家书意万重。
复恐匆匆说不尽，
行人临发又开封。

张籍（766?—830?），字文昌，唐代诗人，和州乌江（今安徽和县乌江镇）人。对于漂泊在外的游子来说，家书是对故乡的牵挂，是对亲人的思念，是情感的寄托。古人交通不便，因此来往的家书就显得弥足珍贵。作者客居洛阳，到了秋天，不由得想起故乡的风物亲人。性情中人往往容易为外物触动，见秋天落叶则引起思乡之情非常自然，却只能将心中的思念写成家书。但重重心事写之不尽，本来寄信人已经要出发了，却还要打开封口再检查一遍。诗中“欲作”“复恐”两词将作者复杂矛盾的心理状态刻画得淋漓尽致，一个临行开封的细节，读来黯然神伤。

望洞庭

［唐］刘禹锡

湖光秋月两相和，
潭面无风镜未磨。
遥望洞庭山水翠，
白银盘里一青螺。

刘禹锡（772—842），字梦得，洛阳（今河南洛阳）人，曾任太子宾客，世称“刘宾客”。晚年在洛阳与白居易为友，并称“刘白”。他的诗清新通俗，自然沉稳，其中模仿民歌的《竹枝词》，别开生面，对后世影响很大。这首诗描写洞庭君山美景。在一个晴明无风、波澜不惊的夜晚，诗人远眺，平静的湖面在皎洁月光的辉映下，明亮而迷蒙，美丽的君山点缀在湖中。诗人使用了一个形象的比喻来描摹眼前的美景：月光下的湖面仿佛刻镂精美的白银盘，苍黑墨翠的君山则仿佛一颗小巧玲珑的青螺摆放其中。

浪淘沙

［唐］刘禹锡

九曲黄河万里沙，
浪淘风簸自天涯。
如今直上银河去，
同到牵牛织女家。

浪淘沙原是唐代教坊曲名，后成为词牌名。黄河是中华民族的母亲河，是五千年文明的发祥地，历代诗人留下了无数歌咏黄河的诗篇，这就是其中的一首。全诗写得非常有气势，前两句居高临下描写黄河的全景：万里河道，九曲回肠，挟泥带沙，奔涌而下。后两句糅入了优美的神话传说：沿着黄河逆流而上，就可以到达天河，拜访善良勤劳的牵牛织女一家。这一方面体现了黄河直通天上的磅礴气势，一方面表达了诗人不畏险阻、追求美好生活的信心。

赋得古原草送别

［唐］白居易

离离原上草，
一岁一枯荣。
野火烧不尽，
春风吹又生。
远芳侵古道，
晴翠接荒城。
又送王孙去，
萋萋满别情。

白居易（772—846），字乐天，号香山居士，中唐著名诗人。古人作诗，凡限定诗题，按惯例要在题目前加上“赋得”二字。这首诗就是一篇题为“古原草送别”的命题作文。据说白居易写这首诗时只有十六岁。他带着自己的作品去拜访大诗人顾况，顾况见了他的名字，开玩笑说：“长安的米很贵，居住非常不容易。”但读到“野火烧不尽，春风吹又生”两句时，大为赞叹，马上说：“能写出这样的诗来，住在这里很容易啊。”可见这首诗在当时就受到人们的重视，而“野火烧不尽，春风吹又生”两句更是全诗的警句。

忆江南

[唐]白居易

江南好，
风景旧曾谙。
日出江花红胜火，
春来江水绿如蓝。
能不忆江南？

白居易曾经担任过杭州刺史和苏州刺史，当地的优美风景给他留下了深刻的印象。晚年回到洛阳后，诗人经常回忆起来，并情不自禁地写下了这首小词。开头第一句就说“江南好”，直抒胸臆。具体好在什么地方呢？诗人选取了两种典型景物：春天时江边火红的野花和江中碧绿的江水。蓝即蓝草，它的叶子可以用来制作青绿色的染料。鲜明的色彩形成强烈的对比，表达了诗人对于江南风景的喜爱。最后一句反问，更把这种喜爱之情推向极致。

池上

［唐］白居易

小娃撑小艇，
偷采白莲回。
不解藏踪迹，
浮萍一道开。

这首诗写得饶有童趣。一个天真可爱的小姑娘，趁着大人不注意，偷偷撑着一只小船，到池塘深处采摘白莲，现在高高兴兴地回来了。她自以为行动机密，别人不会发觉，可是她没有想到，小船驶来时，冲开了水面的浮萍，水面波动，出现了一道长长的痕迹，完全暴露了她的行踪！读来让人忍俊不禁。

悯农（其一）

［唐］李绅

春种一粒粟，
秋收万颗子。
四海无闲田，
农夫犹饿死。

李绅（772—846），字公垂，无锡人。曾经当过宰相，与元稹、白居易交游很密，并参与了白居易倡导的新乐府运动。他的诗歌现存不多，《悯农》二首是他影响最大的作品。这两首诗主要刻画农民劳作的辛苦，表现了诗人对于农民的深切同情。这是第一首，着重批判劳动者不得食的不公平现象。春种秋收，大自然让农民的辛勤劳动获得了回报，但是仍然有农民被饿死，这是为什么？诗人虽然没有正面回答，但答案是不言而喻的：因为有人剥削了他们的劳动成果。

悯农（其二）

［唐］李绅

锄禾日当午，
汗滴禾下土。
谁知盘中餐，
粒粒皆辛苦。

这是《悯农》诗的第二首，着重劝诫世人珍惜粮食，珍惜农民的劳动。我们在读这首诗的时候，可以想象一下农民伯伯在烈日下辛勤劳作的情景，体会他们的艰辛，从而养成珍惜粮食、反对浪费的好习惯。

江雪

［唐］柳宗元

千山鸟飞绝，
万径人踪灭。
孤舟蓑笠翁，
独钓寒江雪。

柳宗元（773—819），字子厚，山西河东（今山西永济）人，中唐时杰出的文学家和思想家，“唐宋八大家”之一。这首诗是柳宗元的代表作，大概写于他贬谪永州期间。前两句向读者展示了一个寂寥空廓的宇宙：千山万径都被白茫茫的大雪覆盖，没有飞鸟，没有人迹。江面上只有一位坐着小船垂钓的渔翁。整首诗意境苍凉，富于象征意味。这位渔翁其实是柳宗元的自况：在孤独、严酷的条件下，依然坚强独立、不屈不挠。

题都城南庄

［唐］崔护

去年今日此门中，
人面桃花相映红。
人面不知何处去，
桃花依旧笑春风。

崔护，字殷功，博陵（今河北定州一带）人，中唐诗人，诗风婉丽，语言清新，尤以《题都城南庄》流传最广。这首诗的背后，有一个小故事：有一年的清明时节，崔护到城外郊游，在一户桃花盛开的人家，遇到一位可爱的女孩子。崔护口渴了，女孩子给他水喝。第二年再来的时候，桃花依然开得很好，女孩子却不见了。诗人心中怅惘，写了这首诗。真是美丽的季节，美丽的怅惘。

寻隐者不遇

[唐]贾岛

松下问童子，
言师采药去。
只在此山中，
云深不知处。

贾岛（779—843），字阆仙，范阳（今河北涿州）人。他善于写荒凉枯寂的情境，多寒苦之辞，与孟郊齐名，有“郊寒岛瘦”之说。他非常注重词句的推敲锤炼。据说有一次他在构思一首诗，其中“僧推月下门”一句，他拿不准用“推”好还是用“敲”好。由于太人迷结果冲撞了韩愈的仪仗。韩愈也是著名的文学家，知道这个情况后并没有责怪他，反而帮助他确定了使用“敲”字比较好，因为音调比较响亮。“推敲”一词就是来源于此。

隐者往往都是些品行高洁、超然物外的人，他们住在远离城市的山林中，不关心尘世俗务。在这首诗中诗人也塑造了这样一位隐者，不过隐者本人并没有直接出现：诗人前来拜访他，不巧没有遇到，童子只知道他进深山里去采药了，却说不出具体行踪。诗人和读者都只能望山而叹了，但是一位闲云野鹤般的隐者形象已经浮现在我们脑海中了。

小儿垂钓

［唐］胡令能

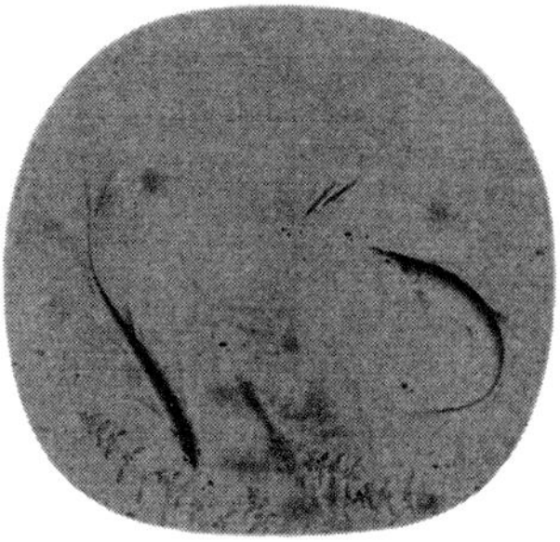

蓬头稚子学垂纶，
侧坐莓苔草映身。
路人借问遥招手，
怕得鱼惊不应人。

胡令能，唐贞元、元和年间人，少时家贫，曾为手工匠，以修补锅盆等为业，人称“胡钉铰”。传说有一天他梦见有人往他的腹中放了一卷书，从此就会写诗了。后隐居于圃田（今河南省中牟）。这首小诗生动刻画了一个专心钓鱼的农村孩子形象。他头发乱蓬蓬的，小心翼翼侧身坐在青苔地上，有意用草丛遮住身体，学着大人的样子把钓丝垂在水中，等待鱼儿上钩。偏偏这时有一个不识趣的过路人招手问路，小家伙怕鱼被惊跑，假装没听到也没看到，压根不理他。寥寥数语，将小家伙煞有介事的神态写得栩栩如生。

马诗

[唐]李贺

大漠沙如雪，
燕山月似钩。
何当金络脑，
快走踏清秋。

李贺（791?—817?），字长吉，唐代河南福昌（今河南宜阳）昌谷人，世称“李昌谷”。他的诗想象奇特，多抒写人生不得意的压抑和悲愤，有“诗鬼”之称。这组《马诗》共二十三首，这是第五首。这里的“燕山”指的是燕然山，即今蒙古国的杭爱山。通常用来借指边塞。诗歌大意是：广阔的沙漠，万里平沙似雪，燕然山上空，寒月如钩。什么时候才能佩戴着黄金装饰的络头，在这样的秋高气爽之夜，尽情驱驰呢？

清明

［唐］杜牧

清明时节雨纷纷，
路上行人欲断魂。
借问酒家何处有，
牧童遥指杏花村。

杜牧（803—852），字牧之，号樊川，京兆万年（今陕西西安）人。宰相杜佑之孙，太和二年（828）进士。他少年时胸怀大志，但由于生活在牛李党争的时代，两派对他都不重用，一生郁郁不得志，经常纵情诗酒。他是晚唐著名诗人，与李商隐齐名，并称“小李杜”。

清明时节，人们纷纷走出家门扫墓踏青，游览春光。可是天不作美，一场飘飘洒洒的小雨，给许多人带来了麻烦，没带雨具的行人手忙脚乱，狼狈不堪。急急忙忙打听哪儿有可以避雨、歇脚的小酒店，牧童的手指把行人的目光引向一处杏花盛开的地方。细雨杏花，正是清明时节有代表性的景物。读着这首小诗，春天的气息仿佛扑面而来。

山行

［唐］杜牧

远上寒山石径斜，
白云生处有人家。
停车坐爱枫林晚，
霜叶红于二月花。

深秋时节，诗人驱车行进在山中小路。天色已晚，远方的高山笼罩了一层寒烟。山间白云缭绕，有几户人家住在那里。但是在素淡清冷的画面中突然出现了一大片鲜红的亮色：原来是大片的枫叶经过霜打以后全都变成了红色，比春天的鲜花还要鲜艳。诗人大喜过望，不禁停下车来，细细观赏这浓艳的深秋晚景。

江南春

［唐］杜牧

千里莺啼绿映红，
水村山郭酒旗风。
南朝四百八十寺，
多少楼台烟雨中。

这首小诗列举了春天江南的许多典型事物：啼莺，红花，绿树，水村，山郭，风中酒旗，雨中佛寺。前面冠以“千里”二字，整个江南的春景就都概括在内了。曾经有人批评说：“千里莺啼，谁人听得？千里绿映红，谁人见得？”认为应该把“千里”改成“十里”才勉强说得通。其实这种看法很可笑，因为即使是十里，大家也未必能听到看到。丰富的想象与高度的概括，正是诗歌的生命力所在。在江南诸多美景中，佛寺独具特色，南朝建立佛寺的历代君王都已经成为过眼云烟，唯有这些没有生命的建筑物，还保留在世上。面对这些历史遗迹，后人不免感慨万千。

嫦娥

［唐］李商隐

云母屏风烛影深，
长河渐落晓星沉。
嫦娥应悔偷灵药，
碧海青天夜夜心。

李商隐（813?—858?），字义山，号玉谿生，怀州河内（今河南省沁阳）人。他是晚唐著名诗人，与杜牧齐名，人称“小李杜”。嫦娥是古代民间故事中的美女，传说她是后羿的妻子，就是射掉天上九个太阳的那位后羿。她偷吃了后羿的长生不死药，自己一个人飘飘悠悠上了月亮，从此住在寂寞的广寒宫里。这首小诗就是想象她的寂寞生活：云母屏风上，烛影摇曳，银河逐渐斜落，启明星也慢慢下沉。嫦娥想必会后悔当初偷吃不死药，如今独处碧海青天，夜夜孤凄难眠。

乐游原

［唐］李商隐

向晚意不适，
驱车登古原。
夕阳无限好，
只是近黄昏。

乐游原是唐代游览胜地，在长安东南，可以眺望长安全城。诗中的古原也是指乐游原，西汉时这里曾经建有宫苑，所以称作古原。傍晚时分，诗人心绪愁闷，驱车来到乐游原。此时晚霞满天，整个世界笼罩在绚烂的光辉中。远眺渐渐西下的夕阳，欣赏这最后时刻的壮美，诗人不由得发出“夕阳无限好”的赞叹。但是转念一想，黄昏马上来临，这片刻的美丽即将逝去，时光难驻，好景不长，心中又充满无可奈何。这两句既是写景，又富于哲理，具有高度的概括性，意味深长、含义隽永，因此有人把最后两句看作是李商隐所生活的晚唐时代的写照。

乞巧

［唐］林杰

七夕今宵看碧霄，
牵牛织女渡河桥。
家家乞巧望秋月，
穿尽红丝几万条。

林杰（831—847），字智周，侯官（今福建闽侯）人。据说小时候很聪明，五六岁就会写诗。乞巧，是古代妇女于农历七月七日夜（或七月六日夜）在庭院中，摆设瓜果，穿七孔针，向织女星乞求聪明巧慧的风俗。牵牛织女是银河两侧的两座星宿，也是古代神话传说中的人物。织女本来是天上的仙女，下凡到人间和牛郎结为夫妻。王母娘娘知道后非常生气，把织女召回，牛郎一直追到天上。为了惩罚他们，王母娘娘用银河把他们隔开，一年只许在七月七日这天相见一次。

蜂

［唐］罗隐

不论平地与山尖，
无限风光尽被占。
采得百花成蜜后，
为谁辛苦为谁甜？

罗隐（833—909），字昭谏，余杭新城（今浙江富阳）人。本名横，因为十次考进士都没有考上，所以改名“隐”。他的诗多讽刺现实，常用口语。这是一首寓意深刻的小诗，蜜蜂为了采花酿蜜，有时飞到平地，有时飞到山顶，仿佛占尽无限风光，可是采得百花，酿成蜂蜜，到底是为谁辛苦呢？最终又是谁从中获益呢？有人认为这是讽刺那些追逐名利之徒，他们辛辛苦苦聚敛财富，但是当死亡来临时不能带走分文，徒然留下笑柄。也有人认为这表现了对劳动人民的同情，他们辛辛苦苦劳动创造的成果都被统治者剥削去了，自己反倒缺衣少食。两种理解都有道理。

天竺寺八月十五日夜桂子

［唐］皮日休

玉颗珊珊下月轮，
殿前拾得露华新。
至今不会天中事，
应是嫦娥掷与人。

皮日休（834?—883?），字袭美，一字逸少，自号鹿门子，复州竟陵（今湖北天门）人，晚唐文学家。八月十五日，正是中秋佳节，自古有休闲赏月的传统。当时作者正在杭州飞来峰南麓的天竺寺赏月赏花，在如水的月光下，桂花零落飘摇而下，引发了敏感诗人的诗意。作者以奇特的联想抒写了自己意气风发的心理状态。他将桂子比作从天而降的露华，正好被自己拾起，但不明所以，因而展开想象说，这应该是嫦娥故意投下来让自己得到的吧。全诗借花抒情，将捡到桂子比作自己的幸运。原来他在前一年刚刚考中进士，此时正志得意满地游历，心中充满对未来的憧憬。

金缕衣

［唐］佚名

劝君莫惜金缕衣，
劝君惜取少年时。
有花堪折直须折，
莫待无花空折枝。

这是中唐时流行的《金缕曲》的歌词，真实的作者不详。据说镇海节度使李锜的侍妾杜秋娘善唱此曲，所以有人就把它归到杜秋娘名下。金缕衣，以黄金为饰的舞衣。歌词用意明白，劝人珍惜青春、及时行乐，眷顾像花儿一样的女主人公：金缕衣华丽贵重，却“劝君莫惜”，因为还有更值得珍惜的东西，就是青春时光。好比鲜花盛开，就要赶快攀折欣赏；不要等到花儿凋落，面对空空的花枝，才追悔莫及。这样的意思出于舞女之口，原本平常，但此诗通篇用比兴手法，形象、意境优美，艺术魅力掩盖了相对平庸的内容。这首诗巧妙利用重复的修辞手法，“花”字、“折”字反复出现，“莫惜”“惜取”“堪折”“须折”“空折”，语意层层推进，具有强烈的艺术感染力。

铜官窑瓷器题诗

［唐］佚名

君生我未生，
我生君已老。
君恨我生迟，
我恨君生早。

长沙铜官窑位于湖南省长沙市望城区铜官镇，是唐代陶瓷窑址，二十世纪出土了大量文物，其中一件壶上，写着这首小诗。“我生君已老”的“已”，原文作“以”，通假字。屈指算来，这首诗已经失传了近千年。一旦重见天日，立即打动了无数读者。敦煌话本《庐山远公话》中有类似的几句：“身生智未生，智生身已老。身恨智生迟，智恨身生早。身智不相逢，曾经几度老。身智若相逢，即得成佛道。”前者说情，后者论道，各有千秋。

江上渔者

［宋］范仲淹

江上往来人，
但爱鲈鱼美。
君看一叶舟，
出没风波里。

范仲淹（989—1052），字希文，吴县（今江苏苏州）人，北宋著名的文学家、政治家。这首诗体现了诗人对于渔民等劳动人民的同情。在江面上来回过往的人们都对这里味道鲜美的鲈鱼赞不绝口。诗人却由此想到了鲈鱼的来之不易：这是渔民们驾驶着一叶小舟，在险恶的风波中上下颠簸，冒着生命危险捕获的。李绅《悯农》中说“谁知盘中餐，粒粒皆辛苦”，这里我们同样可以说：“谁知盘中鱼，条条皆辛苦。”诗人心怀天下、忧国忧民的胸襟在这首诗里充分体现了出来。

梅花

[宋]王安石

墙角数枝梅，
凌寒独自开。
遥知不是雪，
为有暗香来。

王安石（1021—1086），字介甫，号半山，临川（今江西抚州市临川区）人，北宋著名的思想家、政治家、文学家。是“唐宋八大家”之一。这首《梅花》表面看是一首普通的咏物诗，但实际其中颇有寄托。松竹梅是中国文化中的岁寒三友，常常用来比喻君子。当时，王安石第二次罢相，他将自身孤傲不群的品格通过对严冬寒梅的歌咏表现出来。这里的暗香正是作者自身高洁品格的象征。王安石的性格、政策，后人多有诟病，但对他的人品，人们还是充分肯定的。

元日

[宋] 王安石

爆竹声中一岁除，
春风送暖入屠苏。
千门万户曈曈日，
总把新桃换旧符。

元日即农历正月初一，春节。我国古代风俗，在春节这天要喝屠苏酒，可以辟邪消瘟。这首诗描述了我国宋代人民过春节的情形：家家户户放爆竹、喝屠苏酒、更换桃符等等。全诗洋溢着辞旧迎新的喜悦之情。诗中写的是大约一千年以前的事情，从中不难看出，我们今天过春节的许多风俗，比如放鞭炮、贴春联等，虽然形式有所变化，但基本上继承了古代的传统。

泊船瓜洲

[宋]王安石

京口瓜洲一水间，
钟山只隔数重山。
春风又绿江南岸，
明月何时照我还。

宋人洪迈《容斋续笔》卷八记载了关于这首诗的一段故事，说吴中有位士人家中藏有此诗手稿，开始写作“又到江南岸”，后圈去“到”字，旁注“不好”，改为“过”，又改为“入”“满”，最后才定为“绿”。经钱锺书《宋诗选注》提及，这个故事成为王安石精于炼字的范例。“又绿”又作“自绿”，含意有些不同。

宋神宗熙宁元年（1068）春天，王安石自江宁府去汴京赴任途中经过京口（今江苏镇江），见到好友宝山寺宝觉禅师，第二天分别，王安石在泊船瓜洲时写下此诗，寄托情志。京口和瓜洲虽然只有一水之隔，但各居南北，家乡钟山也距此不远。此行北上前途未卜，而春风却不顾人的心思，又给江南带来一片盎然春意。正值明月当空，诗人不禁想到未来，不知我何时可以功成身退回到家乡啊。表面写思乡之情，其中却蕴含了对国家兴衰的忧虑。

书湖阴先生壁

［宋］王安石

茅檐长扫净无苔，
花木成畦手自栽。
一水护田将绿绕，
两山排闼送青来。

王安石晚年退居江宁钟山，写了许多优美的风景诗，这就是其中的一首。湖阴先生指杨骥，王安石退居江宁钟山时的邻居和朋友。杨骥性情高洁，隐居不仕，他居住的环境也洁净清幽，纤尘不染：茅屋虽然简陋，但由于主人性爱清洁，经常打扫，甚至连青苔也看不见。庭院中还有疏落有致的树木花草，都是由主人亲手栽种而成，更显得情趣盎然。后两句写放眼望去的山水风光，一弯碧绿的流水围护着田野，远处的隐隐青山与近处的葱茏花木互相辉映，自然界的勃勃生机仿佛扑面而来。在这生动传神的描写中，诗人还特别讲究用典和修辞，尤其是最后两句，对仗非常工整，其中“护田”“排闼”都是出自《汉书》的典故，前人称之为“史对史”“汉人语对汉人语”。

卜算子·送鲍浩然之浙东

［宋］王观

水是眼波横，
山是眉峰聚。
欲问行人去那边？
眉眼盈盈处。

才始送春归，
又送君归去。
若到江南赶上春，
千万和春住。

王观（1035—1100），字通叟，如皋（今江苏如皋）人，这首词比喻新颖奇绝，令人惊叹。水是眼波，山如眉黛，眉眼盈盈四个字，将那方山水的无限魅力表现得淋漓尽致，仿佛正有一位微笑的美人对友人顾盼流连，那不正是我们对江南最美好的想象吗？作为一首送别词，上片无一句谈及惜别，但却将对友人的美好祝愿深蕴其中。下片则直抒胸臆，将送春与送友叠加，希望朋友在最美的江南遇到最好的春天，可以与春携手共度美好时光。如果上片的眉眼盈盈确有所指的话，那么下片的春天就是一语双关了，既指春天，又指友人的心上人。

画

［宋］佚名

远看山有色，
近听水无声。
春去花还在，
人来鸟不惊。

根据目前可以查到的资料，这四句话最早出现在宋道川禅师所作偈颂中。原本是谈禅，但仅看这四句，也可以理解为一首谜底为“画”的小诗。它从山、水、花、鸟各个角度，揭示了“画”与现实事物之间的种种区别，比如动与静、色与空、去与住等等，很好展现了“画”的特点。

饮湖上初晴后雨（其二）

［宋］苏轼

水光潋滟晴方好，
山色空蒙雨亦奇。
欲把西湖比西子，
淡妆浓抹总相宜。

苏轼（1037—1101），字子瞻，号东坡居士，眉山（今四川眉山）人。宋代伟大的文学家，他在散文、诗词、书画方面的成就都很高，“唐宋八大家”之一，豪放词派创始人。他的父亲苏洵、弟弟苏辙也是著名文学家，合称“三苏”。这首诗是诗人在杭州做官期间写的，通过一次晴雨变化，对西湖做出了总体评价。晴天的西湖是一种美，雨中又别有情趣，是另一种美，二者各有千秋。诗人把西湖比作美女西施，二者仅一字之差，仿佛有着天然的联系，诗人信手拈来，涉笔成趣。这个比喻非常成功，直到今天，人们还经常把西湖称作“西子湖”。

六月二十七日望湖楼醉书（其一）

［宋］苏轼

黑云翻墨未遮山，
白雨跳珠乱入船。
卷地风来忽吹散，
望湖楼下水如天。

六月二十七日指宋神宗熙宁五年（1072）的六月二十七日，当时苏轼正在杭州做官。望湖楼又叫看经楼，五代时修建，在杭州西湖边上。这首诗描写了夏季西湖阵雨的情景。人们常说“六月天，孩儿脸”，形容夏日天气的阴晴不定、变化无常。诗人坐在望湖楼上饮酒，恰好看到了阴晴变化的整个过程。晴朗的天空忽然之间就乌云滚滚，电闪雷鸣。诗人使用了两个形象的比喻：翻滚的乌云像被打翻的墨汁，群山在乌云间若隐若现；乱跳的雨点像白色的珍珠，乱纷纷地跳进船里。一阵大风吹过，满天乌云散开，雨过天晴，风平浪静，水天一色。形象的比喻，生动的笔触，使得读者仿佛身临其境。

浣溪沙

［宋］苏轼

游蕲水清泉寺，寺临兰溪，溪水西流。

山下兰芽短浸溪，
松间沙路净无泥。
潇潇暮雨子规啼。

谁道人生无再少？
门前流水尚能西。
休将白发唱黄鸡。

《东坡志林》“游沙湖”条记载了这首词的写作背景：苏轼贬谪黄州期间，有次生病，去看一位名叫庞安常的名医。庞安常耳聋，但是天资聪明，可以通过纸笔和人交谈。苏轼和他开玩笑说：“余以手为口，君以眼为耳，皆一时异人也。”苏轼病好以后，和这位医生成了好朋友，曾经一起到清泉寺游玩，写了这首词。寺门前有条兰溪，溪水西流，所以词中说“门前流水尚能西”。这首词通过描写眼前情景，劝慰朋友不要叹老，体现了苏轼一贯的旷达精神。

题西林壁

［宋］苏轼

横看成岭侧成峰，
远近高低各不同。
不识庐山真面目，
只缘身在此山中。

元丰七年（1084），苏轼在庐山中游览停留了十多天，写了一系列诗作，这是其中之一，当时题写在西林寺的墙壁上。宋人写诗比较注重在诗歌中阐述哲理，这首诗就是如此。前两句写景：庐山面貌千姿百态，从不同的角度看，呈现出不同的风貌。后两句写诗人由此产生的感悟：为什么无法看清庐山的整体面貌呢？原因很简单，因为自己处身于庐山之中，视野受到限制。生活中很多事情都是如此：旁观者清，当局者迷。现在“庐山真面目”已经成为我们生活中常用的成语，这首小诗揭示的哲理也已经被大家接受。

惠崇《春江晓景》（其一）

［宋］苏轼

竹外桃花三两枝，
春江水暖鸭先知。
蒌蒿满地芦芽短，
正是河豚欲上时。

这是一首题画诗，根据诗意，不难看出画面上应该有几竿翠竹，两三枝桃花，一江春水，几只野鸭，水边还有蒌蒿、芦芽等。河豚肯定没有，诗人为什么还要提呢？那是因为看到眼前这幅美丽的春江晓景图，馋诗人一下子就联想到了好吃的东西。据说用蒌蒿、芦芽当佐料烹调河豚，味道很好。画家笔下的诗材，到东坡眼中就成了食材。当然这是作者在和画家开玩笑。

行香子

[宋]秦观

树绕村庄，水满陂塘。
倚东风、豪兴徜徉。
小园几许，收尽春光。
有桃花红，李花白，菜花黄。

远远围墙，隐隐茅堂。
飏青旗、流水桥旁。
偶然乘兴，步过东风。
正莺儿啼，燕儿舞，蝶儿忙。

秦观（1049—1100），字少游，一字太虚，扬州高邮（今属江苏）人，尤以婉丽蕴藉的婉约词为世人所知，有《淮海居士长短句》。这首词随词人游春的足迹展开，勾勒出一幅春光明媚、生机勃勃的农村风物图。上片以小园春光收束，红白黄三色，抓住了春天最有代表性的色彩。下片由静转动，“正莺儿啼”三句抓住春天最活跃的三种虫鸟，以“啼”“舞”“忙”三个动词准确概括其特性，带出整个春天万物竞发、一派生机的气氛。

夏日绝句

[宋] 李清照

生当作人杰，
死亦为鬼雄。
至今思项羽，
不肯过江东。

李清照（1084?—1151?），号易安居士，济南（今山东济南）人，宋代著名女词人。她早年生活优裕，婚姻美满，作品多抒写闺愁相思。金兵入侵后，随丈夫南渡，不久丈夫病故，生活发生了急剧变化，从此颠沛流离，这一时期的作品充满故土之思和身世之感，风格凄苦低沉。这首《夏日绝句》作于南渡之后，当时李清照流落江南，生活困苦，亲身经历了国破家亡的痛苦，因此对南宋小朝廷苟且偷安、不思收复失地的行为非常不满。诗中借用西楚霸王项羽失败后不肯苟且偷生、自刎乌江的历史故事，讽刺南宋小朝廷的投降逃跑主义，表示了希望抗战、恢复故土的思想情怀。“生当作人杰，死亦为鬼雄”两句，尤其铿锵有力，掷地有声。

绝句

［宋］佚名

草铺横野六七里，
笛弄晚风三四声。
归来饱饭黄昏后，
不脱蓑衣卧月明。

这首小诗在《千家诗》中作者署名“牧童”。据《苕溪渔隐丛话》前集卷五八引《西清诗话》：钟弱翁在平凉的时候，有一位道人来见他，带着个牵牛的牧童。钟弱翁指着牧童问道人：“你能为他写首诗吗？”道人笑说：“不用我，这个孩子就能写。”牧童就拿笔写了这首诗。道人离开的时候，人们看见他担着两个大瓮，随后就不见了。有人猜测，两个大瓮就是两个“口”，合起来是个“吕”字，这个道人难道是吕洞宾吗？——很显然，这只是一个传说，人物都是虚构的，所以我们把作者定为佚名。但这首诗写得很好，写出了牧童悠然自得的生活情态。

三衢道中

［宋］曾几

梅子黄时日日晴，
小溪泛尽却山行。
绿阴不减来时路，
添得黄鹂四五声。

曾几（1085—1166），字吉甫，自号茶山居士。他学识渊博，诗风雅淡，是陆游的老师。这是他在浙江三衢山游览时写的一首纪行诗，描绘初夏景色，流露了轻松愉快的心情。梅子黄熟时候，天天都是晴和天气。乘坐小舟，沿着小溪一直走到尽头，改走山路前行。回来的路上，浓绿的树荫没有变化，只是多了黄鹂的啼鸣。

示儿

［宋］陆游

死去元知万事空，
但悲不见九州同。
王师北定中原日，
家祭无忘告乃翁。

陆游（1125—1210），字务观，号放翁，越州山阴（今浙江绍兴）人。他是我国南宋时期伟大的爱国诗人，词和散文的成就也很高。他一生中写了将近一万首诗，其中许多涉及政治时事，批评朝廷的投降主义，主张抗战杀敌，收复故土，统一中国，诗风慷慨激昂。这首《示儿》是八十五岁的老诗人陆游的临终绝笔。诗人明知死去以后万事皆空，但心中仍然念念不忘国家的统一。这是他毕生为之奋斗的目标，但是由于南宋小朝廷的软弱，由于主和派的阻挠，终于没能实现。诗人死不瞑目，在遗嘱中交代儿孙们一旦传来胜利的消息，一定要在祭祀的时候告诉自己。诗中表现的爱国主义值得我们学习。

秋夜将晓出篱门迎凉有感

[宋] 陆游

三万里河东入海，
五千仞岳上摩天。
遗民泪尽胡尘里，
南望王师又一年。

这首诗写于1192年，当时诗人陆游已经六十八岁了，退居山阴老家。初秋时节的一个黎明，他像普通的老农一样出门乘凉。刚走出篱门，一阵凉风吹来，诗人不由得回头北望，他仿佛看到了三万里黄河东流入海，看到了五千仞华山直指苍天，想到祖国的大好河山如今仍在金人的统治之下，想到无数同胞仍然生活在金人的统治之下，心中充满辛酸和悲愤。诗人两岁的时候，金人就占领了中原，而今六十多年过去了，朝廷苟且偷安，不图进取，沦陷地的老百姓盼望收复，却空空地等了一年又一年。诗中充满了对南宋小朝廷的不满和对沦陷区人民的同情。

四时田园杂兴（其二十五）

［宋］范成大

梅子金黄杏子肥，
麦花雪白菜花稀。
日长篱落无人过，
惟有蜻蜓蛱蝶飞。

范成大（1126—1193），字致能，号石湖居士，吴郡（今江苏苏州）人。曾出使金国，不辱使命而归。后长期担任地方官，关心民间疾苦。他的田园诗自成一格，影响很大。与陆游、杨万里、尤袤齐名，称“南宋四大家”。范成大六十一岁时，在石湖养病，其间写下了六十首田园诗，分为“春日”“晚春”“夏日”“秋日”“冬日”五组，每组十二首。这一首选自“夏日”。诗的前两句中，诗人列举了四种植物在初夏时分的色彩和情态，以少总多，精练传神地再现了江南乡间草木繁茂、色彩缤纷的美丽景致。第三句“日长”“无人”更显出田园风光的和平宁静，而末句中纷乱飞舞的蜻蜓、蝴蝶，为这幅清新的静态画面增添了无限的动感和生机。

四时田园杂兴（其三十一）

［宋］范成大

昼出耘田夜绩麻，
村庄儿女各当家。
童孙未解供耕织，
也傍桑阴学种瓜。

这一首也选自《四时田园杂兴》中的“夏日”，写的是：村庄里的青壮男女，白天出门去田里除草，夜晚还要搓捻麻线，男耕女织，各人都有自己的任务。小孩子们还不会干活儿，但在桑树荫下游戏的时候，玩的也是模仿大人如何种瓜。这种富于生活情趣的乡村场景，不熟悉农村生活的人是写不出来的。

小池

［宋］杨万里

泉眼无声惜细流，
树阴照水爱晴柔。
小荷才露尖尖角，
早有蜻蜓立上头。

杨万里（1127—1206），字廷秀，号诚斋。吉州吉水（今江西吉水县）人。南宋诗人，与陆游、尤袤、范成大并称“南宋四大家”。他的诗风清新浅近，独具一格，被称为“诚斋体”。这首小诗描写的对象是“小池”，时间锁定在初夏，诗人精心地选择典型意象，处处写其小而可爱：一线细细的泉水无声无息地流淌进小池，仿佛是泉眼爱惜水流。一片树荫遮住了水面，洒下点点光斑。嫩小的荷叶刚刚伸出水面，还没有展开叶片，一只小巧的蜻蜓轻轻地落在上面。整个场景清新、恬静，同时充满生趣，像一幅优美的特写照片。

晓出净慈寺送林子方（其二）

［宋］杨万里

毕竟西湖六月中，
风光不与四时同。
接天莲叶无穷碧，
映日荷花别样红。

净慈寺是杭州西湖南的一座寺院。西湖很早以来就是游览胜地，四季风光各有特色，“淡妆浓抹总相宜”。很多诗人为它留下了优美的诗篇，这就是其中的一首。六月的一个清晨，诗人在湖边送别朋友。面对湖中一望无垠的荷花，诗人按捺不住内心的惊喜与赞叹，开口就说“毕竟西湖六月中，风光不与四时同”。“无穷”和“别样”两个修饰语，更强调了这种惊喜与赞叹之情。

舟过安仁（其三）

[宋]杨万里

一叶渔船两小童，
收篙停棹坐船中。
怪生无雨都张伞，
不是遮头是使风。

这首诗是典型的“诚斋体”。全诗语言浅白如话，这与不少宋诗喜欢用典的风气形成鲜明对比。诗风轻松愉快，描述了一个儿童玩耍的情景，充满情趣，令人忍俊不禁。一叶小舟上两个小童，收起竹篙，停下船桨，却打起了伞，令人惊诧，原来是想用风力带动小船前进。小朋友的童心稚态，真是可爱极了。正是由于作者拥有饱含童趣的诗心以及对儿童由衷的喜爱，才能观察到这样的情景并记录下来，让我们在近千年以后可以会心一笑。

春日

［宋］朱熹

胜日寻芳泗水滨，
无边光景一时新。
等闲识得东风面，
万紫千红总是春。

朱熹（1130—1200），字元晦，号晦庵，别号紫阳，徽州婺源（今江西婺源）人，宋代理学的集大成者，被后世儒者尊称为“朱子”。他的诗大多是为了阐述哲理，有一些好诗哲理和形象结合得比较成功。泗水，在山东东部，发源于泗水县，流入淮河。传说孔子曾经在这里讲学传道。从字面上来看，这是一首游春诗：诗人到泗水河边观赏春景，见识了万紫千红的春天。但是，实际上在诗人生活的时代，泗水一带早已被金人占领，生活在江南的朱熹根本不可能到那里去。这首诗实际上讲的是理学。诗人用“泗水”比喻孔子的学说，用“寻芳”比喻寻求圣人之道，“东风面”和“春”都是比喻圣人学说的真谛“仁”。意思是说：我到孔门寻求圣人之道，终于找到了圣人学说的真谛。但是要是直接这样说当然很枯燥，朱熹就使用了一系列的比喻，使枯燥的道理形象化，容易被人接受。

观书有感

[宋]朱熹

半亩方塘一鉴开，
天光云影共徘徊。
问渠那得清如许？
为有源头活水来。

《朱子年谱》把这首诗系于乾道二年（1166），当时作者三十七岁。这一年，朱熹和张栻、石子重、许升等人共同讨论学问。事后，他高兴地把自己的心得体会、重要感悟，写信告诉别人，并写了这首绝句。诗歌大意为：新开辟的半亩大的方形池塘，像镜子一样清澈明净，天光云影倒映在水面上闪动。这个小池塘里的水为什么会这样清澈呢？那是因为有源源不断的活水流进来呀。后两句“问渠那得清如许，为有源头活水来”，比喻非常巧妙，用源源不断的活水，比喻不断地获取新知识，进行新思考。只有这样，才能经常性地保持头脑的清明，思想的活跃。这是作者在研究学问的过程中独特的心得，非常有名。它表现了作者苦苦思考后豁然开朗时的喜悦，是理学诗名篇。全诗虽然是在说道理，却并不枯燥难懂。

清平乐·村居

［宋］辛弃疾

茅檐低小，
溪上青青草。
醉里吴音相媚好，
白发谁家翁媪？

大儿锄豆溪东，
中儿正织鸡笼。
最喜小儿亡赖，
溪头卧剥莲蓬。

辛弃疾（1140—1207），字幼安，号稼轩，山东东路济南府历城县（今山东济南历城区）人。南宋将领、豪放派词人，与苏轼并称“苏辛”。这是一首描写田园生活的小令，仿佛一幅农家素描图，淡淡几笔，但境界全出。上片开篇“茅檐”两句，简直是所有普通农家风景的写照，一句入画。“醉里”二句摹画农家白发老夫妻且谈且饮的情态，如立隔墙，吴音柔媚，情义绵长。下片写家中三个孩儿各自不同的情状，极为传神，呼之欲出，小儿一句尤胜，其天真幼稚、憨态可掬之态，令人怜爱。辛弃疾对农村生活非常了解，故而虽笔墨简淡，却体贴入微，描摹入神，实在是田园词的上品。

西江月·夜行黄沙道中

[宋]辛弃疾

明月别枝惊鹊，
清风半夜鸣蝉。
稻花香里说丰年，
听取蛙声一片。

七八个星天外，
两三点雨山前。
旧时茅店社林边，
路转溪桥忽见。

辛弃疾中年时代曾隐居江西上饶，这是他经过黄沙岭道时写的一首词。全诗一律白描，各种田园常见景象，信手拈来，纷纷入诗。虽然仅寥寥八句，却涉及了十几种意象，又全无促迫之感。明月、树枝、惊鹊；清风、鸣蝉；稻田、青蛙；星、天、雨、山；茅店、社林、路、溪桥——互相组合，形成优美的图景，视觉、听觉、触觉彼此交织，将清幽美好的月夜描摹得令人神往。作者自己心情之恬淡平和，态度之轻松悠游，自在其中。作者运用的语言纯朴自然，都如家常白话，毫无雕琢之气，但读来如在目前，可见其艺术功力之深。正如清人陈世焜所说："目中所见，随手拈来，都成妙语。"

题临安邸

[宋]林升

山外青山楼外楼，
西湖歌舞几时休。
暖风熏得游人醉，
直把杭州作汴州。

林升，南宋孝宗淳熙年间的一位读书人，生平不详。临安，南宋首都，即诗中所说的杭州，在今浙江杭州。汴州，北宋首都，在今河南开封。这是一首政治讽刺诗。北宋灭亡后，在临安建立了南宋小朝廷，但当权者并没有吸取灭亡的教训，他们不图进取，歌舞升平，偏安一隅。一位有着清醒政治头脑和忧患意识的普通读书人把这首诗写在临安一家旅店的墙上，向醉生梦死的统治者提出警告。可惜最高统治者根本听不进去，依旧苟且偷安，得过且过。这首诗在当时广为传诵，可见切中时弊。

游园不值

［宋］叶绍翁

应怜屐齿印苍苔，
小叩柴扉久不开。
春色满园关不住，
一枝红杏出墙来。

叶绍翁，南宋江湖派诗人，生卒年不详，字嗣宗，号靖逸，曾长期隐居在钱塘（今浙江杭州）一带。这首《游园不值》是他的代表作。诗人想去朋友的花园中观赏春色，但是敲了半天门，也没有人来开。主人大概不在家。也许是担心游人踏坏了地面的青苔，故意不开门。但是一扇柴门，虽然关住了游人，却关不住满园春色，一枝红色的杏花，早已探出墙来。蓬勃旺盛的生命力，是任何东西都阻拦、压制不了的。轻松玩笑的口气，也让盎然的春意更加活泼灵动。

夜书所见

［宋］叶绍翁

萧萧梧叶送寒声，
江上秋风动客情。
知有儿童挑促织，
夜深篱落一灯明。

秋天的各种小虫子，从来都是儿童的好玩伴。这首小诗，在秋思的寒凉里，写出了人间的一点暖意：江上吹来的萧萧秋风，吹动江边梧桐，叶子瑟瑟作响，送来寒意阵阵。客居在外的游子，不禁思念起家乡。夜色已深，忽然看到远处人家，篱笆处有一点灯火晃来晃去，马上意识到，这肯定是贪玩的孩子们在捉蟋蟀呀。

乡村四月

［宋］翁卷

绿遍山原白满川，
子规声里雨如烟。
乡村四月闲人少，
才了蚕桑又插田。

翁卷，南宋诗人，生平事迹不详，字续古，一字灵舒，永嘉（今浙江温州）人，一生没有做官。与赵师秀、徐照、徐玑合称“永嘉四灵”，其诗大多讲求技巧，诗风清苦。这是一首描写江南乡村春末夏初时分风光的诗歌。山坡田野间草木茂盛，绿意盎然；平展的稻田里波光粼粼。天空中烟雨蒙蒙，杜鹃声声。但是繁忙的农夫却无暇欣赏这自然美景，诗的后两句明白如话地道出了春末夏初时分农事的繁忙，给人一种“一年之计在于春”的启示。在这首小诗中，诗人不仅表现出对乡村风光的热爱与欣赏，更表现出对劳动生活、劳动人民的赞美。

三字经（节选）

［宋］王应麟

人之初，性本善。性相近，习相远。苟不教，性乃迁。教之道，贵以专。

昔孟母，择邻处。子不学，断机杼。窦燕山，有义方。教五子，名俱扬。

养不教，父之过。教不严，师之惰。子不学，非所宜。幼不学，老何为。

玉不琢，不成器。人不学，不知义。为人子，方少时。亲师友，习礼仪。

香九龄，能温席。孝于亲，所当执。融四岁，能让梨。弟于长，宜先知。

首孝弟，次见闻。知某数，识某文。一而十，十而百。百而千，千而万。

三才者，天地人。三光者，日月星。三纲者，君臣义。父子亲，夫妇顺。

曰春夏，曰秋冬；此四时，运不穷。曰南北，曰西东；此四方，应乎中。

曰水火，木金土；此五行，本乎数。曰仁义，礼智信；此五常，不容紊。

王应麟（1223—1296），字伯厚，号深宁居士，又号厚斋。庆元府鄞县（今浙江宁波鄞州）人，南宋著名学者。除编写《三字经》外，他还编写了《玉海》《困学纪闻》，影响很大。《三字经》是古代的童蒙教材，其中蕴含了很多朴素的道理。节选的部分主要谈到以下几个方面。首先是教育的必要性，肯定后天养成对于一个人成才与否至关重要。第二是学习的重要性，认为人应该从小努力学习，不仅学习知识，还要学习礼仪，才能成为一个合格的人才。第三还谈到教育贵在坚持，不能一曝十寒。第四指出，由于孩子不懂事，所以家长和老师很关键，必须对孩子严格要求，否则就会影响孩子的发展。虽然《三字经》是将近千年以前写成的，但以上观点对今天的孩子仍然有很大的参考价值。孝弟，即“孝悌（tì）”。

颂古

［宋］释绍昙

春有百花秋有月，
夏有凉风冬有雪。
莫将闲事挂心头，
便是人间好时节。

这几句话见于释绍昙（？—1297）《颂古五十五首》。释绍昙，南宋禅僧，字希叟，曾自题“西蜀比丘绍昙”，可知是蜀人。有《希叟绍昙禅师语录》《希叟绍昙禅师广录》。偈颂说明“居一切时，不起妄念”的道理，也就是所谓“平常心”。唐代高僧赵州禅师问南泉普愿禅师“如何是道”，南泉答“平常心是道”。这首偈颂以美妙的诗歌语言表明禅理：一年四季各有其独特之美，抛开闲事杂念，那什么时候都会是人间好时节，当时非常流行。

比释绍昙时期稍早的释慧开（1183—1260）《颂古四十八首》中，也收有这首偈颂，第三句作“若无闲事挂心头”。

天净沙·秋

［元］白朴

孤村落日残霞，
轻烟老树寒鸦，
一点飞鸿影下。
青山绿水，
白草红叶黄花。

白朴（1226—1306?），原名恒，字仁甫，后改名朴，字太素，号兰谷。“元曲四大家”之一。白朴的《天净沙·秋》经常被人拿来与马致远的《天净沙·秋思》对比，两首小令的构思、笔法都有相似之处，但意境却大不相同。《天净沙·秋思》从头到尾，一派秋日萧疏的情景，黯淡到底。但白朴这首小令却别开生面，营造出另外一派风格。同样以萧瑟秋意开篇，六景连缀，与马致远相类，但随后用“一点飞鸿影下”转折，后两句连用五种色彩，宏大的青绿为底，点染细处的白红黄，五颜六色，细大不捐，描绘出一幅绚丽的秋景图，一扫前面的衰飒枯寂，转为明丽可爱。如果将飞鸿的视角视作诗人自己的视角，就可以看出白朴的精神旨归，虽然外界一派荒凉，但只要心中有生机，则眼中自然会发现丰富多彩的图景。

墨梅

[元]王冕

吾家洗砚池头树，
个个花开淡墨痕。
不要人夸好颜色，
只流清气满乾坤。

王冕（1287—1359），字元章，别号煮石山农，诸暨（今浙江诸暨）人。元末著名画家、书法家、诗人。他小时候家里很穷，一面放牛，一面自学，终于成名。以画梅著称，尤工墨梅。他的诗多同情人民苦难，谴责豪门权贵，轻视功名利禄，描写田园隐逸生活。有《竹斋集》。这是一首题画诗，题写在诗人自己画的《墨梅图》上。一株梅树生在洗砚池边，每一朵梅花仿佛都被染上淡淡的墨痕。它不需要别人夸赞自己颜色艳丽美好，只愿清幽的香气能够流动天地之间。相传晋代书法家王羲之练习书法时，在池子里洗毛笔，池水全都变成了黑色。浙江会稽山下和江西临川均有洗砚池遗迹，王冕与王羲之同姓，所以骄傲地自称“吾家洗砚池”。

石灰吟

［明］于谦

千锤万凿出深山，
烈火焚烧若等闲。
粉骨碎身全不怕，
要留清白在人间。

于谦（1398—1457），字廷益，号节庵，钱塘（今浙江杭州）人，永乐年间进士，官至兵部尚书。明代著名军事家、诗人。他的诗多忧国忧民或表现自己的坚贞情操，语言朴素自然，不事雕琢。这首《石灰吟》是一首托物言志诗。诗人用石灰历尽磨难的炼制过程来比喻完美人格的磨炼过程。只有经过不惜千锤百炼、粉身碎骨的艰苦磨炼，才能形成高尚的人格，才能获得成功。这种百折不挠的精神今天仍然值得我们学习。一生“清白”，就是诗人追求的人生目标。全诗意象鲜明，比喻恰当，是一首有教育意义的好诗。

明日歌

[明]钱福

明日复明日，
明日何其多。
我生待明日，
万事成蹉跎。
世人苦被明日累，
春去秋来老将至。
朝看水东流，
暮看日西坠。
百年明日能几何？
请君听我明日歌。

钱福（1461—1504），字与谦，号鹤滩，松江华亭（今上海松江）人，曾中状元，任翰林编修。这首《明日歌》载于清钱泳《履园丛话》，与《鹤滩集》文字略异。钱泳说："后生家每临事，辄曰'吾不会做'，此大谬也。凡事做则会，不做则安能会耶？又做一事，辄曰'且待明日'，此亦大谬也。凡事要做则做，若一味因循，大误终身。家鹤滩先生有《明日歌》最妙，附记于此。"全诗抓住人们易犯的拖延偷懒问题，谆谆告诫世人珍惜生命，把握当下，积极努力，奋发向上。诗中不断重复"明日"来凸显主题，警示人们从现在做起，不要等到一事无成而后悔莫及。

画鸡

［明］唐寅

头上红冠不用裁，
满身雪白走将来。
平生不敢轻言语，
一叫千门万户开。

唐寅（1470—1523），字伯虎，一字子畏，号六如居士，吴县（今江苏苏州）人，明代文人、书画家。诗文方面与祝允明、文徵明、徐祯卿并称“吴中四才子”，在绘画方面与沈周、文徵明、仇英并称“吴门四大家”。这是一首题画诗，将公鸡写得活灵活现。后两句表面上在写公鸡早晨打鸣的特点，但其中却蕴含着对人格的肯定。咏物诗中不乏兴寄，暗含“三年不飞，一飞冲天，三年不鸣，一鸣惊人”的意味，敢与春秋五霸的楚庄王相比，可见诗人傲岸不群的品格。

声律启蒙·一东

［清］车万育

云对雨，雪对风，晚照对晴空。来鸿对去燕，宿鸟对鸣虫。三尺剑，六钧弓，岭北对江东。人间清暑殿，天上广寒宫。两岸晓烟杨柳绿，一园春雨杏花红。两鬓风霜，途次早行之客；一蓑烟雨，溪边晚钓之翁。

沿对革，异对同，白叟对黄童。江风对海雾，牧子对渔翁。颜巷陋，阮途穷，冀北对辽东。池中濯足水，门外打头风。梁帝讲经同泰寺，汉皇置酒未央宫。尘虑萦心，懒抚七弦绿绮；霜华满鬓，羞看百炼青铜。

贫对富，塞对通，野叟对溪童。鬓皤对眉绿，齿皓对唇红。天浩浩，日融融，佩剑对弯弓。半溪流水绿，千树落花红。野渡燕穿杨柳雨，芳池鱼戏芰荷风。女子眉纤，额下现一弯新月；男儿气壮，胸中吐万丈长虹。

车万育（1632—1705），字双亭，号鹤田，湖南邵阳人。他编写的这本《声律启蒙》，是训练儿童学习对仗、掌握格律的启蒙读物。按韵分编，从单字对到双字对、三字对、五字对、七字对、十一字对，包罗天文、地理、花木、鸟兽、人物、器物等等。朗朗上口，易学好记。问世以来，广为流传。

舟夜书所见

[清]查慎行

月黑见渔灯，
孤光一点萤。
微微风簇浪，
散作满河星。

查慎行（1650—1727），“清初六家”之一。初名嗣琏，字夏重，号查田，后改名慎行，字悔余。浙江海宁人。这首诗体现了作者高超的白描技巧，他观察景物细致入微，首句说月暗夜黑，突出了渔船上的灯光，次句讲一盏孤独的渔灯如一点萤火，微微照耀着周围的景色，船的轮廓，水的姿态，都在孤光之下摇曳多姿。后两句描写景象变化，微风徐来，水波荡漾，水面的微光也随之碎散，星星点点，正如满河里闪烁的星星。本诗意象密集，但并没有给人促迫的感觉，运用比喻不动声色，自然妥帖。作者将生活中所见所感准确精妙地熔铸在二十字的绝句里，正可谓诗中有画。

长相思

［清］纳兰性德

山一程，
水一程，
身向榆关那畔行。
夜深千帐灯。

风一更，
雪一更，
聒碎乡心梦不成。
故园无此声。

纳兰性德（1655—1685），满洲人，字容若，号楞伽山人。他的词中蕴含着一种难得的童真。王国维说他有赤子之心，可谓灼见。这首词写于纳兰性德扈从康熙皇帝去祭祖陵途中。北地气候寒冷，山川险恶，与京师大有不同，更关键的是这种看似重要实则无聊的侍从生活并不是纳兰的理想。因而他身向榆关，而心念故乡。虽然军营中灯火连绵，极为壮观，但纳兰的理想并不是做一个待遇优渥的侍卫，因而这等景致并没有引发他的豪情壮志。反而由于风雪交加，声声入耳，诗人夜深难寐，愈发想念故乡风物和亲人。“故园无此声”，正反衬了作者对现实的厌倦和无奈。

竹石

[清]郑燮

咬定青山不放松，
立根原在破岩中。
千磨万击还坚劲，
任尔东西南北风。

郑燮（1693—1765），字克柔，号板桥，兴化（今江苏兴化）人。乾隆元年中进士后，曾先后当过十余年知县，后来寄居扬州，靠卖画维生。是清代著名的诗人、画家，“扬州八怪”之一，善于画竹子。这是一首题画诗。郑板桥的竹子画得很好，题画诗也写得很好，诗中经常寄寓着深刻的含义。一丛生长在青山破岩艰苦环境中的竹子，在劲风中傲然挺立。这象征了诗人自己面对种种艰难困苦，宁折不弯，决不向任何恶势力屈服的品格和不肯与黑暗社会同流合污的铮铮傲骨。

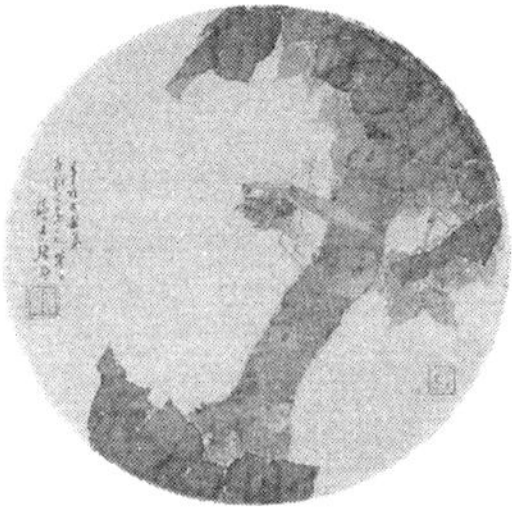

所见

［清］袁枚

牧童骑黄牛，
歌声振林樾。
意欲捕鸣蝉，
忽然闭口立。

袁枚（1716—1798），字子才，号简斋，钱塘（今浙江杭州）人。乾隆四年（1739）进士。曾任溧水、江宁等地的地方官。后退居江宁，在小仓山筑随园，世称“随园先生”。他是清中叶著名诗人，写诗主张性灵，自成一格。这首诗刻画了一个活泼可爱的牧童形象，成功地捕捉到了儿童瞬间的神态变化：牧童骑着黄牛，一边行走一边自由自在地大声歌唱，声音把树林都振动了。可是忽然歌声一下子停了下来，只见他紧闭嘴巴，眼睛盯着树上。为什么呢？原来他想捕捉树上正在鸣叫的知了，怕歌声把它惊跑了。

苔

[清]袁枚

白日不到处，
青春恰自来。
苔花如米小，
也学牡丹开。

这首小诗，写的是平时不为人注意的苔花。虽然生长在阳光照射不到的阴凉角落，花朵只有米粒那么小，但是它依然努力开放，就像牡丹一样，积极充分地展示自己的生命力和魅力，并不因为客观条件差，就放弃自己。这真是一首励志的小诗。

己亥杂诗

［清］龚自珍

九州生气恃风雷，
万马齐喑究可哀。
我劝天公重抖擞，
不拘一格降人才。

龚自珍（1792—1841），号定庵，仁和（今浙江杭州）人。我国封建社会末期著名的思想家、文学家。己亥即道光十九年（1839），龚自珍四十八岁，因为不满官场黑暗，辞官离京返杭。后来因迎接眷属，又往返了一次。往返途中共写三百一十五首七绝，题材广泛，总题为《己亥杂诗》。这是其中的一首。鸦片战争前夕，中国社会在腐朽的清王朝的统治下已经风雨飘摇，危在旦夕。国内矛盾激化，西方列强虎视眈眈，在内忧外患的夹击之下，国家仍然万马齐喑、毫无生气。这一切都使得头脑清醒的士人产生了强烈的危机感和忧患意识，龚自珍就是其中的一员。他用诗歌的形式，大声呼唤变革，呼唤人才，呼唤新思想，表现了强烈的社会责任感和政治热情。

村居

［清］高鼎

草长莺飞二月天，
拂堤杨柳醉春烟。
儿童散学归来早，
忙趁东风放纸鸢。

高鼎，字象一，又字拙吾，仁和（今浙江杭州）人。生平事迹不详，主要生活在咸丰（1851—1861）年间。其诗善于描写自然风光。这首诗描写了春天乡间的风景：草长高了，莺鸟乱飞，正是仲春二月的好天气，长长的柳条，轻轻垂拂着河堤，仿佛迷醉于淡淡春烟。白天也渐渐变长，所以孩子们放学也显得早了，他们趁着浩荡东风，赶紧放起了风筝。

送别

李叔同

长亭外，
古道边，
芳草碧连天。
晚风拂柳笛声残，
夕阳山外山。

天之涯，
地之角，
知交半零落。
一瓢浊酒尽余欢，
今宵别梦寒。

李叔同（1880—1942），著名音乐家、美术教育家、书法家、戏剧活动家。他从日本留学归国后，担任过教师、编辑之职，后剃度为僧，法名演音，号弘一。这首《送别》是他二十世纪初期的学堂乐歌作品，自己填词，乐曲采用日本学校歌曲《旅愁》，《旅愁》则借鉴了美国作曲家奥德威《梦见家和母亲》的旋律。歌词典雅深情，曲调忧伤舒缓，很容易打动人，所以一经问世，传唱不衰。

七律·长征

毛泽东

红军不怕远征难，
万水千山只等闲。
五岭逶迤腾细浪，
乌蒙磅礴走泥丸。
金沙水拍云崖暖，
大渡桥横铁索寒。
更喜岷山千里雪，
三军过后尽开颜。

毛泽东（1893—1976），字润之，湖南湘潭人。中国共产党、中国人民解放军和中华人民共和国的主要缔造者和领导人。这首《长征》作于1935年10月，当时红军长征即将结束。作者以豪迈的气概回顾了过去一年的征程，将路上的一切艰难险阻视若无物，凸显了红军大无畏的英雄气概和革命乐观主义精神。全诗围绕“不怕”二字展开，首联气势如虹，大江大河，高山峻岭，全都不在话下。颔联以景写人，山脉如细浪，险峰若泥丸，一一被踏在脚下，红军的勇敢坚强跃然纸上。颈联以景写事，情在其中。巧渡金沙江，是智取，飞夺泸定桥，是恶战，从两方面凸显红军的能征善战。尾联收束全篇，照应开头，以笑做结。既总结了过往，又展望了未来，显得豪情万丈，信心十足。

卜算子·咏梅

毛泽东

风雨送春归，
飞雪迎春到。
已是悬崖百丈冰，
犹有花枝俏。
俏也不争春，
只把春来报。
待到山花烂漫时，
她在丛中笑。

这首诗作于1961年12月，当时中苏交恶，中国经济情况非常困难。作者采用的形式是宋代陆游《卜算子·咏梅》，精神内核却是明代诗人高启“雪满山中高士卧，月明林下美人来”。毛泽东对高启赞誉有加，主要是因为他歌颂了梅花不畏严寒、标持风骨的品格，而对陆游的哀怨愁婉很不满意，在小序中特意加了一句“读陆游咏梅词，反其意而用之”。全词极言环境之恶劣，但显露出对春天来临的强烈信心和对梅花坚贞不屈的赞美。明写梅花，实指当时四面受敌而坚忍不拔、终将取得最后胜利的新中国。

中学部分

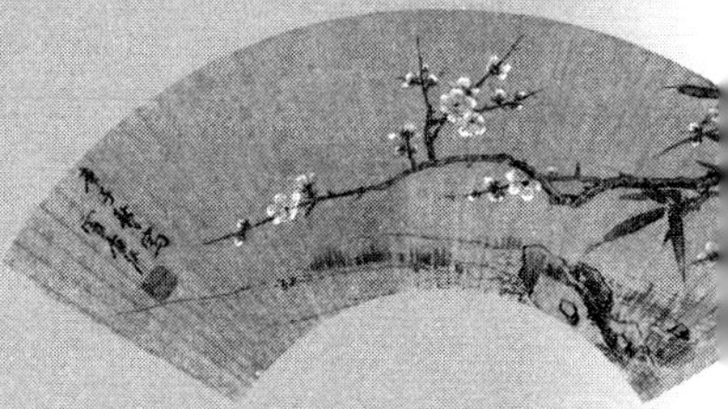

关雎

[先秦] 诗经·周南

关关雎鸠，在河之洲。
窈窕淑女，君子好逑。

参差荇菜，左右流之。
窈窕淑女，寤寐求之。
求之不得，寤寐思服。
悠哉悠哉，辗转反侧。

参差荇菜，左右采之。
窈窕淑女，琴瑟友之。
参差荇菜，左右芼之。
窈窕淑女，钟鼓乐之。

《关雎》为《诗经·国风》第一篇，同时也是《诗经》三百零五篇中的首篇。诗歌开篇以雎鸠鸟和鸣于河之洲上起兴，引发出对“窈窕淑女，君子好逑”的咏叹，接着抒发追求者对情人的无尽思念，极写“求之不得”的痛苦，感情深挚，真率自然。诗中“寤寐思服”“辗转反侧”是写实，“琴瑟友之”“钟鼓乐之”是设想，由实境及于幻觉，生动真切地展示了主人公的神态、心理。

式微

［先秦］诗经·邶风

式微式微，
胡不归？
微君之故，
胡为乎中露？

式微式微，
胡不归？
微君之躬，
胡为乎泥中？

邶，卫国故地，约相当于今河南淇县以北，汤阴东南一带地方，《诗经》中的《邶风》就是这一带产生的民歌。卫国出了不少昏君，民众负担重，所以当地民歌中表达不满、抗议情绪的作品多。这首诗就是苦于劳役的人发出的抱怨之声，诗分两章，意思相近：天要黑了，为什么还不回家？要不是为主人家干活事情多，哪里会这么晚还在泥水中受罪？式微，天黑，式是发语词，微是幽、昧的意思。后面“微君之故”的“微”，意思是非、不是。胡，为什么。故，事；躬，身体——不管照顾的是主家的事还是主人的身体，都使服役的百姓疲于奔命。

子衿

［先秦］诗经·郑风

青青子衿，悠悠我心。
纵我不往，子宁不嗣音？
青青子佩，悠悠我思。
纵我不往，子宁不来？
挑兮达兮，在城阙兮。
一日不见，如三月兮！

郑国，其都城在今河南新郑，《郑风》就是这一带所产生的民歌。《郑风》中写爱情的诗篇比较多，这是其中一首，写的是女子等候情人时渴盼烦乱的心情。子，指女子的情人；衿，衣领。前两章重章复沓，意思相近，由情人的衣领、佩带说到自己牵挂他的心意，抱怨说就算自己不去找他，他为何迟迟不来。末章章法变化，语气变得急促，语意也更直白：女子来回走啊，在城门楼上等啊，一天没见面，就觉得有三个月不见那么长。这与《王风·采葛》中“一日不见，如三秋兮”等用法是一样的，是“一日三秋”“一日不见，如隔三秋”等成语、俗语的出处。挑、达，走来走去的样子。

蒹葭

［先秦］诗经·秦风

蒹葭苍苍，白露为霜。
所谓伊人，在水一方。
溯洄从之，道阻且长。
溯游从之，宛在水中央。

蒹葭萋萋，白露未晞。
所谓伊人，在水之湄。
溯洄从之，道阻且跻。
溯游从之，宛在水中坻。

蒹葭采采，白露未已。
所谓伊人，在水之涘。
溯洄从之，道阻且右。
溯游从之，宛在水中沚。

蒹葭，芦苇。湄，水边，岸旁。坻，水中高地。涘，水边。

此诗共有三章，每章的意思大致相同，前两句都是点明时令场景，后六句诉说自己的追求与苦恼。诗歌以萧瑟的秋季为时间背景，以轻风中摇曳的芦荻、透着寒意的白露以及静默远去的流水为烘托情感的具体物象，达到了情景交融的完美境界。全诗一唱三叹，韵味悠长。

离骚（节选）

［先秦］屈原

朝发轫于苍梧兮，
夕余至乎县圃。
欲少留此灵琐兮，
日忽忽其将暮。
吾令羲和弭节兮，
望崦嵫而勿迫。
路曼曼其修远兮，
吾将上下而求索。

屈原（前340或339—前278），名平，字原；又自云名正则，字灵均。战国时期楚国诗人、政治家。早年曾任左徒、三闾大夫，后被流放。秦攻破楚都郢（今湖北江陵）后，自沉于汨罗江。《离骚》是他的代表作，共三百七十多句，两千四百多字，中国古代最长的抒情诗。节选的这段，描述了诗人为寻求真理上下求索的过程。发轫，指出发。苍梧，九嶷山。县圃，神话中的地名，在昆仑山中层。灵琐，神仙聚居的地方。羲和，给太阳驾车的神人。崦嵫，神话中的山名，太阳落下的地方。

观沧海

［汉］曹操

东临碣石，以观沧海。
水何澹澹，山岛竦峙。
树木丛生，百草丰茂。
秋风萧瑟，洪波涌起。
日月之行，若出其中；
星汉灿烂，若出其里。
幸甚至哉，歌以咏志。

曹操（155—220），字孟德，沛国谯（今安徽亳州）人。建安时期杰出的政治家、军事家和文学家。建安十二年（207），曹操北征乌桓，七月出卢龙塞，九月获胜。班师途中经过碣石山，登高望海，写了这首诗。碣石山有人以为已沉入大海，有人以为就是今河北昌黎的碣石山。这首诗看似写景，实则借景抒怀，在虽然简洁但却气象万千的描述中，展现了一个伟大政治家包容宇宙的宽广胸襟。前八句写登山观海见到的自然景物，中间四句极写大海吞吐日月、含孕群星的气势。一句“幸甚至哉，歌以咏志”收束全诗，好似雄壮的乐曲在最激越处戛然而止，给读者留下无尽回味。

龟虽寿

［汉］曹操

神龟虽寿，犹有竟时；
腾蛇乘雾，终为土灰。
老骥伏枥，志在千里；
烈士暮年，壮心不已。
盈缩之期，不但在天；
养怡之福，可得永年。
幸甚至哉，歌以咏志。

建安十二年（207），曹操北征乌桓获胜后，写了一组《步出夏门行》，夏门是洛阳西北城门的名称。这一组诗是四言体，继承了《诗经》传统，但又带有汉乐府民歌流畅、通俗的特点。此诗是组诗的末章，通篇议论，说长寿的神龟、腾蛇也难免一死，但生命的价值不在于其长短或盛衰。拿老马和烈士来说，即使到了晚年仍怀着雄心壮志，人会老、会死，雄心壮志不会。腾蛇，传说中类似龙的神物，能兴云驾雾。烈士，志向高远的人。况且人寿也不全由天定，通过调养身心，还可以延年益寿。盈缩，这里指生命长短。最后两句是配乐的，与正文无关。这首诗体现了曹操诗文雄浑悲壮、风格质朴的特点，“老骥伏枥”几句更因积极健康的人生哲理而脍炙人口。

赠从弟（其二）

［汉］刘桢

亭亭山上松，
瑟瑟谷中风。
风声一何盛，
松枝一何劲！
冰霜正惨凄，
终岁常端正。
岂不罹凝寒？
松柏有本性。

刘桢（？—217），字公干，东汉末年东平（今属山东）人，“建安七子”之一，工诗善赋。他博学多才，得到曹氏父子任用，但性格刚正，一度因不敬罪而被罚做苦力。他的个性和经历，也可以由这首诗看出。这是刘桢的代表作，体现了其诗语言质朴、风格遒劲的特点。诗题是“赠从弟”，诗中通篇不提“从弟”（堂弟）和“赠”，却又处处隐喻、暗示这层意思。起调两句工整中暗含对立，三、四两句将“树欲静而风不止”的对抗推向高潮。由寒风而冰霜，环境险恶步步升级。而末两句点明，松柏始终傲然挺立，根本原因就在其本性高洁，勉励堂弟坚守高尚志节的用意也就不言自明了。

庭中有奇树

[汉]古诗十九首

庭中有奇树，
绿叶发华滋。
攀条折其荣，
将以遗所思。
馨香盈怀袖，
路远莫致之。
此物何足贵？
但感别经时。

汉末的一批五言诗，不知作者是谁，其中有十九首被萧统编入《文选》，后人统称为“古诗十九首”。它们代表了汉代文人五言诗的最高成就，内容虽然局限在游子思妇、仕途失志、人生无常等时代主题，但语似浅显而情致深婉，艺术成就很高。这是其中的一首，内容是常见的思妇怀念游子：庭院中的树上花开了，女子伸手攀折，想送给所思念的人。可是怎么送到他手里呢？他已走得太远，离开太久了。从字面看来，庭中有树，叶绿而花盛，女子折花，都是平常场景，但平淡的表象之下，强烈深沉的感情却在波澜起伏。季节景物的变换，自然引发女子的怀念之情。当她意识到手里的花根本无法送出时，身体的动作停了下来，呆呆地站在那里。“盈”字暗示她满腹心事、久久发痴。花香满怀，带来的却不是喜悦，而是惆怅。

迢迢牵牛星

［汉］古诗十九首

迢迢牵牛星，
皎皎河汉女。
纤纤擢素手，
札札弄机杼。
终日不成章，
泣涕零如雨。
河汉清且浅，
相去复几许？
盈盈一水间，
脉脉不得语。

牵牛织女的神话故事起源很早，这本是两座星宿的名称，《诗经》中已经出现。“牵牛为夫，织女为妇。织女牵牛之星各处河鼓之旁，七月七日乃得一会”的情节，汉代已经成型，这首诗就是一个例子。它借牛郎、织女被银河阻隔、不得会面的悲剧，抒发了人间的离别相思之情。尤其最后两句，“盈盈一水间，脉脉不得语”，缠绵悱恻，感人至深。

梁甫行

[三国·魏] 曹植

八方各异气，
千里殊风雨。
剧哉边海民，
寄身于草野。
妻子象禽兽，
行止依林阻。
柴门何萧条，
狐兔翔我宇。

曹植（192—232），字子建，曹操第三子，三国魏杰出诗人，世称陈思王，有“才高八斗”的美誉。其兄曹丕称帝后，他备受猜忌和迫害，郁郁而终。他的《洛神赋》也是千古传诵的名篇。梁甫，泰山旁边的小山，汉乐府有《梁甫行》。曹植借用乐府旧题，写汉末动乱年代边海地区农民极度贫苦的生活。各地自然条件不同，而边海地区百姓活得最苦。他们在草莽荒野中安身，妻子儿女简直不像人样。住处柴门冷落，狐兔横行，全然不把人看在眼里。“我”字是代海民自称。此诗用字精简，抓住海民生活环境主要特点落笔，寥寥四十字，画出了一幅非人生活的图卷，令人过目难忘。诗篇戛然而止，读者自可体会到诗人深沉的同情之心。这与其父曹操反映现实的《蒿里行》等诗歌精神一脉相承，具有一种强烈的人本主义力量。

饮酒（其五）

［晋］陶潜

结庐在人境，
而无车马喧。
问君何能尔？
心远地自偏。
采菊东篱下，
悠然见南山。
山气日夕佳，
飞鸟相与还。
此中有真意，
欲辨已忘言。

陶潜（365？—427），又名渊明，字元亮，世称靖节先生。浔阳柴桑（今江西九江）人。他曾做过几任小官，终因不愿“为五斗米折腰”，辞官归隐。他是中国第一位田园诗人，有《陶渊明集》。这组《饮酒》共二十首，大约作于诗人刚过四十岁。诗歌前四句写诗人归隐之后平静脱俗的心情，后面转入对外在世界的描写，高洁的菊花、悠远的南山、自由的飞鸟，构成恬静的意境，衬托出诗人高洁的品格。苏轼曾评价说：“因采菊而见山，境与意会，此句最有妙处。近岁俗本皆作‘望南山’，则此一篇神气都索然矣。”（《东坡题跋》）

杂诗（其一）

［晋］陶潜

人生无根蒂，
飘如陌上尘。
分散逐风转，
此已非常身。
落地为兄弟，
何必骨肉亲！
得欢当作乐，
斗酒聚比邻。
盛年不重来，
一日难再晨。
及时当勉励，
岁月不待人。

生命短暂，命运无常，是汉末以来诗人们经常吟咏的主题。陶渊明的《杂诗》十二首，与此一脉相承。创作这首诗时，陶渊明大约五十岁，隐居已有十年之久，屡经磨难，感慨尤其深沉。诗前几句的一连串比喻，就来自《古诗十九首》中“人生寄一世，奄忽若飙尘”等意象。但诗人并未就此消沉，反而笔锋一转，体悟到“落地为兄弟”的道理，勉励自己要珍惜生命，热爱生活。这样一来，诗人的感悟就跳出了“及时行乐”的窠臼，也跳出了一己得失，而体现出更高的精神境界。全诗质朴无华，却使人有警句迭出、目不暇接之感，读之油然而生奋发惜时之情。

木兰诗

北朝民歌

唧唧复唧唧，木兰当户织。不闻机杼声，唯闻女叹息。问女何所思，问女何所忆。女亦无所思，女亦无所忆。昨夜见军帖，可汗大点兵，军书十二卷，卷卷有爷名。阿爷无大儿，木兰无长兄，愿为市鞍马，从此替爷征。东市买骏马，西市买鞍鞯，南市买辔头，北市买长鞭。旦辞爷娘去，暮宿黄河边，不闻爷娘唤女声，但闻黄河流水鸣溅溅。旦辞黄河去，暮至黑山头，不闻爷娘唤女声，但闻燕山胡骑鸣啾啾。万里赴戎机，关山度若飞。朔气传金柝，寒光照铁衣。将军百战死，壮士十年归。归来见天子，天子坐明堂。策勋十二转，赏赐百千强。可汗问所欲，木兰不用尚书郎，愿驰千里足，送儿还故乡。爷娘闻女来，出郭相扶将；阿姊闻妹来，当户理红妆；小弟闻姊来，磨刀霍霍向猪羊。开我东阁门，坐我西阁床。脱我战时袍，著我旧时裳。当窗理云鬓，对镜帖花黄。出门看火伴，火伴皆惊忙：同行十二年，不知木兰是女郎。雄兔脚扑朔，雌兔眼迷离；双兔傍地走，安能辨我是雄雌？

花木兰女扮男装、替父从军的故事，千百年来家喻户晓，最早讲述这个故事、歌颂木兰形象的，就是这首北朝民歌。这首 300 多字的民歌，也是中国古代长篇叙事诗的代表。诗的内容可分为从军的原因、从准备到出征、参战经历、回家情景几大部分，诗歌也呈现出由缓到急、又由急到缓的节奏变化。开始介绍木兰的身份，通过与父母的对话，娓娓道出木兰的心理活动和从军原因。紧接着写出征的准备和应征入伍，节奏骤然加快，一连串急促的排比渲染出紧张的心情和战争氛围，五七言错落的句型变化，增强了这种感觉。十年征战，一朝还乡，木兰从军最可歌可泣的部分，诗中却只用寥寥数句高度概括，语调铿锵激昂。木兰回家后的场景，节奏又变得平缓，细细铺陈，平缓中还带着俏皮，和平喜悦之情呼之欲出。结尾的比喻，与全篇若即若离，引人无限遐思。

野望

[唐]王绩

东皋薄暮望，
徙倚欲何依。
树树皆秋色，
山山唯落晖。
牧人驱犊返，
猎马带禽归。
相顾无相识，
长歌怀采薇。

多数唐诗选本，开始部分都会选录这首诗。王绩（589?—644），字无功，号东皋子，绛州龙门（今山西河津、万荣一带）人，初唐诗人。龙门王氏是世家，王绩之兄王通号文中子，是一代大儒，王通有个孙子，就是“初唐四杰”之一的王勃。王绩辞官归隐，过着诗酒放诞的生活。他向慕陶渊明，多咏山水田园，这首《野望》是他的代表作。东皋，在今山西河津，作者隐居于此，因此自号东皋子。徙倚，徘徊，彷徨。诗写秋景，中间两联写得尤其生动，展现了恬静萧瑟之美。写作本诗时，正逢隋末乱世，所以诗人的心情并不平静，诗中流露彷徨苦闷之感。最后提到的“采薇”，意象出自《诗经》。此诗写得清新自然，与当时流行的六朝雕饰华靡的诗风大不相同，是盛唐山水田园诗派的先声。

送杜少府之任蜀州

［唐］王勃

城阙辅三秦，
风烟望五津。
与君离别意，
同是宦游人。
海内存知己，
天涯若比邻。
无为在歧路，
儿女共沾巾。

王勃（649?—676?），字子安，绛州龙门（今山西河津）人，与杨炯、卢照邻、骆宾王并称“初唐四杰”，是其中才气最高的一位。他诗文兼善，其诗歌创作对齐、梁以来的轻靡浮艳文风有所突破，使唐诗朝健康的方向发展，对五律的成熟有推动作用。这是一首感情真挚的朋友送别诗。诗歌脱出了一般应酬的俗套，将离情别绪写得昂扬奋发，充满了积极进取的精神，绝不做无病呻吟之语。而第五、六句，用简练的语言将朋友之间的深挚情谊表达得淋漓尽致，早已经成为脍炙人口的名句。

从军行

〔唐〕杨炯

烽火照西京，
心中自不平。
牙璋辞凤阙，
铁骑绕龙城。
雪暗凋旗画，
风多杂鼓声。
宁为百夫长，
胜作一书生。

杨炯（650?—692?），华阴（今属陕西）人，与王勃、卢照邻、骆宾王并称“初唐四杰”。这首诗是他的代表作，借乐府旧题，描写书生从军的经历和心态，笔力雄劲，情绪饱满激昂。报警的烽火照耀西京长安，有志之士的内心哪能平静！朝廷调集军队出征，威武之师将敌方城堡团团围住。大雪弥漫，军旗上的彩画为之失色；狂风呼啸，其中混杂着战鼓声声。最后两句直接抒发投笔从戎的决心。牙璋，调兵的符信；凤阙，指代皇宫；龙城，匈奴名城，借指敌方战略要地。此诗节奏雄快，截取典型画面，各个意象之间留下了丰富的想象空间，造成一种高速推进、一往无前的气势。

登幽州台歌

[唐] 陈子昂

前不见古人，
后不见来者。
念天地之悠悠，
独怆然而涕下！

陈子昂（659?—702?），字伯玉，梓州射洪（今四川省遂宁市射洪县）人，初唐诗文革新的代表人物。据说越王勾践以黄金铸范蠡像，以纪念其平吴之功，金代元好问《论诗绝句》赞颂陈子昂对中国诗歌的贡献："论功若准平吴例，合著黄金铸子昂。"697年，屡遭挫折的诗人登上燕昭王求贤的幽州台（又名蓟北楼、燕台，遗址在今北京），发出了这样一篇怀才不遇、悲愤难言的浩叹。古人指礼贤下士的古代明君，来者指将来的贤明之主，诗人跟他们都遇不上，茫茫宇宙，悠悠岁月，这种寂寥悲哀无人可解。这首诗句法长短错落，音节抑扬变化，看似随口而出，却有强大的艺术感染力。

望月怀远

［唐］张九龄

海上生明月，
天涯共此时。
情人怨遥夜，
竟夕起相思。
灭烛怜光满，
披衣觉露滋。
不堪盈手赠，
还寝梦佳期。

张九龄（678—740），字子寿，韶州曲江（今广东韶关）人，唐开元年间名相、诗人。起首两句是千古名句，写来好像全不费力，没有什么特别的字眼或技法，却又仿佛画出了所有离别之人的心思，具有一种既简洁又圆满的宏大气象。竟夕，通宵、终夜。远隔天涯的情人对月相思，终夜难寐。也许是烛光太耀眼，于是将灯烛灭掉；披衣出门，又感到夜露生寒。种种敏感，全因相思难寄。这皎洁的月光饱含远方情人的心意，可是又如何把握得住它呢？只好勉强自己再睡，期望梦中相会。全诗不过八句，却令人回味不已，好像写尽了千古相思。

望洞庭湖赠张丞相

[唐]孟浩然

八月湖水平，
涵虚混太清。
气蒸云梦泽，
波撼岳阳城。
欲济无舟楫，
端居耻圣明。
坐观垂钓者，
徒有羡鱼情。

孟浩然一生不得志。这首诗写作时间和题献对象说法不一，有的说写于唐玄宗开元五年（717），是献给张说的；有的说写于开元二十一年，是献给张九龄的。这首诗用意是希望得到张丞相赏识录用，但写得不卑不亢，称颂对方有分寸，又给自己保留了尊严。前四句尤其气象阔大，涵虚，包含天地元气；太清，指天。“气蒸”两句写活了洞庭湖澎湃浩荡的气势。后面四句妙用“临河而羡鱼，不如归家织网”（《淮南子·说林训》）的古语，既暗示希望对方援引自己的意思，又不落求乞的口吻，很得体。在孟诗中，这首的风格是比较少见的，显示了他豪爽狷介的另一面。

次北固山下

［唐］王湾

客路青山下，
行舟绿水前。
潮平两岸阔，
风正一帆悬。
海日生残夜，
江春入旧年。
乡书何处达，
归雁洛阳边。

王湾，生卒年不详，洛阳人。他的诗在当时很负盛名，但现在收录在《全唐诗》里的只有十首了。这首诗写北固山冬末的美丽景色，并由此抒发诗人旅途思乡的情怀。作者锤炼词句的功夫，出色地表现在诗的中间四句上。尤其是第五、六句，早已成了千古传诵的名句。“平”“正”“生”“入”四个字，精练传神，富于动态美。而诗的首联和尾联，互相呼应，牢牢把握着旅途思乡的主题。全诗浑然一体，于雄厚中颇见缠绵之致。

使至塞上

［唐］王维

单车欲问边，
属国过居延。
征蓬出汉塞，
归雁入胡天。
大漠孤烟直，
长河落日圆。
萧关逢候骑，
都护在燕然。

这首诗是王维开元二十五年（737）任监察御史时，赴河西节度府凉州时途中所作。居延，在凉州以北，今内蒙古境内。萧关在今甘肃环县北。燕然即杭爱山，在今蒙古国境内。这首诗写作者出使凉州途中边塞辽阔壮丽的景色与自身的感受。前六句写单车出塞，经过居延途中所见，末两句述写萧关问答，通过侦察骑兵之口点出将军正远征燕然，想见战局之紧张。“大漠孤烟直，长河落日圆”一联，于平淡中见警策，于单纯中见丰富，被后人誉为诗句中之神品。

和贾舍人早朝大明宫之作

〔唐〕王维

绛帻鸡人送晓筹，
尚衣方进翠云裘。
九天阊阖开宫殿，
万国衣冠拜冕旒。
日色才临仙掌动，
香烟欲傍衮龙浮。
朝罢须裁五色诏，
佩声归向凤池头。

唐肃宗乾元元年（758）春，中书舍人贾至作了一首《早朝大明宫呈两省僚友》，同僚王维、杜甫、岑参都作了高水平的和诗，堪称盛唐诗坛一段佳话。王维这首诗写出了大明宫早朝时庄严华贵的气氛，尤其为人传诵。论诗的人常说“盛唐气象”，王维此作可以说体现出了这种气象。大明宫是当时世界上最辉煌壮丽的宫殿群，唐朝皇帝在此处理朝政，接受异邦使臣朝拜。此诗虽然意在歌颂唐之强盛和早朝威仪，诗人写来却从容不迫，给人以举重若轻之感。绛帻鸡人，头戴红巾的宫中卫士，天将亮时高声喊叫，有如鸡鸣报晓。阊阖，天门，这里指皇宫正门。

竹里馆

［唐］王维

独坐幽篁里，
弹琴复长啸。
深林人不知，
明月来相照。

竹里馆是王维辋川别业中的一处风景区，在今陕西省蓝田终南山中，周围有竹林。王维在这里写了大量山水诗，其中的代表作《辋川集》共二十首，这是第十七首。诗中描绘了夜晚时分竹里馆的清幽情境。诗人独自静坐在茂密竹林里，一会儿弹琴，一会儿长啸。这是山林深处，别人不知道，只有天上一轮明月，时时相伴相照。

山居秋暝

［唐］王维

空山新雨后，
天气晚来秋。
明月松间照，
清泉石上流。
竹喧归浣女，
莲动下渔舟。
随意春芳歇，
王孙自可留。

这首诗作于王维隐居终南山下辋川别业时。空山，是王维喜欢的意象。除了这首，还有大家熟知的“空山不见人”“夜静春山空”等。其实，山未必空，如上文，有竹喧，有莲动，有人语，有鸟鸣……是心空。“胜事空自知”的空。因为有胜事，所以，虽然空，却不凄，自有一种安静的大欢喜在。

闻王昌龄左迁龙标遥有此寄

［唐］李白

杨花落尽子规啼，
闻道龙标过五溪。
我寄愁心与明月，
随君直到夜郎西。

天宝年间，王昌龄被贬为龙标（今湖南黔阳）尉，李白闻讯，作此诗寄给他，以表同情。本诗写暮春时节，诗人得知王昌龄被贬的消息后不胜同情，欲将己之愁心交付明月，随友人同去贬所，体现了诗人对王昌龄的诚挚感情。诗歌以凄迷之景写感伤之情，是情景相生的佳作。左迁，贬官。五溪，雄溪、酉溪等五条溪流的总称，在湖南省西部。夜郎，指位于湖南省沅陵县的古夜郎县，不是指位于今贵州省的古夜郎国。沅陵在龙标的南方而略偏西。

峨眉山月歌

［唐］李白

峨眉山月半轮秋，
影入平羌江水流。
夜发清溪向三峡，
思君不见下渝州。

这是作者年轻时候初次离开蜀地家乡的作品。峨眉山上的半轮秋月，光影倒映到平羌江水中，顺流而下。夜晚“我”乘船从清溪向三峡进发的时候，想再看看月亮，却被高山遮住，只好恋恋不舍，直下渝州。此诗通过月亮写蜀中山峡的险峻。“君”字，指月亮。全诗四句用五个地名，一气呵成，不觉堆砌，也是亮点。

春夜洛城闻笛

[唐]李白

谁家玉笛暗飞声，
散入春风满洛城。
此夜曲中闻折柳，
何人不起故园情。

洛城就是洛阳，在唐代，东都洛阳是一座繁华的大都市。这首诗大约作于开元二十二年（734）。当时李白正客居于此。一个春风骀荡的夜晚，喧闹的城市归于平静，不知是谁忽然吹响笛子，笛声悠扬，随着晚风飘满了洛阳城。其实笛声未必传得如此之远，只是诗人的注意力完全被它吸引，才会觉得其他声音似乎都不存在了，全城人都在凝神静听。为什么诗人对这笛声如此着迷？因为笛子吹出了一曲《折杨柳》。“柳”谐音“留”。古人送别亲友时，折柳相赠，以示留恋。“上马不捉鞭，反拗杨柳枝。下马吹横笛，愁杀行客儿”，这样一首抒发离愁别绪的曲子，自然勾起了诗人的故园之情，如笛声一样挥之不去。李白长年在外漫游，对此感触极深。“何人”一句表面是说此情人人皆有，实则突出了诗人“独在异乡为异客”的黯然情思。

渡荆门送别

［唐］李白

渡远荆门外，
来从楚国游。
山随平野尽，
江入大荒流。
月下飞天镜，
云生结海楼。
仍怜故乡水，
万里送行舟。

大约二十五岁那年，李白离开家乡蜀地，开始漫游。他由水路出三峡，游历了现在的湖北、湖南一带楚国故地，带着新奇的眼光饱览沿途风光，写下不少佳作。这种新奇感充分体现在他的诗中。荆门即荆门山，位于今湖北宜都西北，峭壁千寻，峙立如门阙，故得名“荆门”。看惯了蜀中的高山丘陵、峡谷深水，突然换成江汉平原水天辽阔之景，诗人觉得眼前豁然开朗。通过他非凡的想象，楚地景色染上了瑰丽神奇的色彩：月亮好像是天上飞来的一面明镜，云霞变幻仿佛海市蜃楼。奔流的长江水，使他想起了家乡，但这个时候，初离故乡的他还没有浓烈的乡愁，只是以轻松的口吻说：这来自故乡的水多么可爱，你看它不远万里，一路相送。要到很多年后，他才发现自己再也没有回到家乡。

送友人

［唐］李白

青山横北郭，
白水绕东城。
此地一为别，
孤蓬万里征。
浮云游子意，
落日故人情。
挥手自兹去，
萧萧班马鸣。

这是李白有名的送别诗。至于送何人，作于何时，都不详，但不妨碍它成为古代送别诗的代表作之一。远望青山横亘在外城北面，近观波光粼粼的河水绕城东流。“郭”指外城，暗示诗人从城内送到城外。“青”“白”相间，色彩明丽。朋友孤身上路，本是凄凉之事，但以“万里征”收束，就显得开朗豪迈。浮云、落日，既是眼前实景，也是指涉“游子”“故人”的比兴意象。最后挥手道别，连马儿似乎也不忍离别而萧萧长鸣。末句化用《诗经·车攻》“萧萧马鸣”，只加一“班”字，就将古语用活了。班，离别，离群。这首诗落笔舒畅自然，将一时一地的送别，写成了令人感慨无限的千古之别。

月下独酌（其一）

［唐］李白

花间一壶酒，独酌无相亲。
举杯邀明月，对影成三人。
月既不解饮，影徒随我身。
暂伴月将影，行乐须及春。
我歌月徘徊，我舞影零乱。
醒时相交欢，醉后各分散。
永结无情游，相期邈云汉。

《月下独酌》组诗一共四首，有人认为作于李白客居长安期间。这是第一首，也是最有名的一首，写诗人月夜花下独酌，无人陪伴，只好在想象中与月亮和自己的影子互相交流、彼此安慰，自得其乐。诗歌想象丰富，真切表达了诗人的孤独寂寞和及时行乐思想。无情游，即忘却世情、不同流俗的交游。

行路难（其二）

〔唐〕李白

金樽清酒斗十千，
玉盘珍馐直万钱。
停杯投箸不能食，
拔剑四顾心茫然。
欲渡黄河冰塞川，
将登太行雪满山。
闲来垂钓碧溪上，
忽复乘舟梦日边。
行路难，行路难，
多歧路，今安在？
长风破浪会有时，
直挂云帆济沧海。

《行路难》属于乐府“杂曲歌辞”旧题，内容多写道路的艰难险阻和离愁别绪。这首诗表现了李白政治上失意后内心的苦闷和矛盾。诗歌先写美酒珍馐的丰盛，再写自己食难下咽、拔剑四顾的痛苦茫然之状，这鲜明的对比和反差，给予读者一种强烈的印象。然后用比喻和典故来写自己所遭受的挫折和心中的矛盾。他既想抛弃富贵云游四方，却又有着建功立业的渴望。他慨叹世路难行，机遇难得，但最后还是充满信心地憧憬着未来，认为一定会有机会施展自己的远大抱负。全诗在苦闷彷徨的基调里，闪耀着理想和自信的光彩，并不低沉萎靡，充分表现了李白昂扬乐观的个性和诗作雄放壮美的艺术风格。

清平调（三首）

［唐］李白

云想衣裳花想容，
春风拂槛露华浓。
若非群玉山头见，
会向瑶台月下逢。

一枝红艳露凝香，
云雨巫山枉断肠。
借问汉宫谁得似，
可怜飞燕倚新妆。

名花倾国两相欢，
长得君王带笑看。
解释春风无限恨，
沉香亭北倚阑干。

这组《清平调》共三首，作于天宝初年李白在长安任供奉翰林时。据《松窗杂录》载：开元中，宫内沉香亭前牡丹盛开，唐玄宗和杨贵妃前往观赏，召梨园弟子唱歌。玄宗说："赏名花，对妃子，焉用旧词为？"于是宣召李白，命造新词。李白当时尚未醒酒，但很快写成这三首《清平调》。诗的内容主要是赞扬贵妃的美貌，描写君妃的欢乐，旖旎繁华，风情万种，天上人间，无过于此。

将进酒

［唐］李白

君不见黄河之水天上来，奔流到海不复回。君不见高堂明镜悲白发，朝如青丝暮成雪。人生得意须尽欢，莫使金尊空对月。天生我材必有用，千金散尽还复来。烹羊宰牛且为乐，会须一饮三百杯。岑夫子，丹丘生，将进酒，杯莫停。与君歌一曲，请君为我侧耳听。钟鼓馔玉不足贵，但愿长醉不复醒。古来圣贤皆寂寞，惟有饮者留其名。陈王昔时宴平乐，斗酒十千恣欢谑。主人何为言少钱，径须酤取对君酌。五花马，千金裘，呼儿将出换美酒，与尔同销万古愁。

将（qiāng）进酒，乐府旧题，“请饮酒”的意思。将，请。这首诗的写作时间不太确定，有人认为是开元年间，有人认为是天宝年间李白离开长安以后。岑夫子即岑勋，丹丘生即元丹丘。二人都是李白的好朋友。陈王指陈思王曹植。平乐即平乐观，在洛阳西门外，是汉代豪贵人家经常出入的游乐场所。这首诗里，李白一方面表达了“人生得意须尽欢”的及时行乐思想，另一方面也表达了“天生我材必有用”的人生豪情。全诗感情奔放，语言流畅，如大河直下，气象万千，具有很强的艺术感染力。

宴陶家亭子

［唐］李白

曲巷幽人宅，
高门大士家。
池开照胆镜，
林吐破颜花。
绿水藏春日，
青轩秘晚霞。
若闻弦管妙，
金谷不能夸。

这首诗可能作于开元二十四年（736），当时李白初游东鲁，得到陶家主人款待，欣然写诗描绘陶家园亭的华美。园中池水清澈如镜，花木令人愉悦。碧绿的池水留住了春天，华贵的亭子映照着晚霞。要是再加上美妙的音乐，那晋代石崇的金谷园也难以相比。照胆镜，《西京杂记》记载咸阳宫中有一面方镜，能照见人的内心，这里借以赞池水之清。破颜，《五灯会元》记世尊拈花示众，迦叶尊者破颜微笑，这里是说花卉之美令人开颜欢悦。金谷，晋代石崇有金谷别馆，以奢华著称，后人作为华美园林的代称。

黄鹤楼

[唐] 崔颢

昔人已乘黄鹤去，
此地空余黄鹤楼。
黄鹤一去不复返，
白云千载空悠悠。
晴川历历汉阳树，
芳草萋萋鹦鹉洲。
日暮乡关何处是？
烟波江上使人愁。

崔颢（704—754），汴州（今河南开封）人，开元十一年（723）漫游至现在的武汉，留下了这首《黄鹤楼》诗。宋严羽《沧浪诗话》断言：“唐人七言律诗，当以崔颢《黄鹤楼》为第一。”唐代七言律诗名篇很多，更有杜甫、李商隐这样的七律大家，崔颢《黄鹤楼》凭什么得到这样高的评价？从表面看，这并不是一首典型的七律：“黄鹤”连续出现在前三句中，并且第三句几乎全用仄声，“空悠悠”与“不复返”也不对仗。但从内容来看，诗的前半由仙人乘黄鹤的传说讲起，意象在时空中纵横，最后落到眼前的黄鹤楼。后半则由黄鹤楼所见推展出去，勾连起历史和未来。八句诗有如一气呵成，意境高远。可以说，关于黄鹤楼的古往今来、眼前幕后，种种话题都逃不出这八句的笼罩。难怪连李白这样的天才，也只能慨叹一声“眼前有景道不得，崔颢题诗在上头”（《唐诗纪事》）。

题破山寺后禅院

［唐］常建

清晨入古寺，
初日照高林。
曲径通幽处，
禅房花木深。
山光悦鸟性，
潭影空人心。
万籁此都寂，
但余钟磬音。

常建，生卒年和字号、籍贯等都不详，只知道他开元十五年（727）中进士，但仕途失意，写了一些山水诗，善以幽深之笔写孤介情怀，有《常建诗集》。破山即今江苏常熟虞山，破山寺即兴福寺。诗中抒写清晨游寺后禅院，抒发寄情山水的隐逸胸怀。开头两句以流水对起，质朴自然，颔联两句“曲径通幽处，禅房花木深”却突然意与境会，妙语天成，曲径、幽处、禅房、花木都仿佛染上了一层令人心灵顿悟的光辉，都有了深微难言的象征意味。后来宋代欧阳修感叹，想效仿这两句写一联诗，却久不可得。“山光”两句，写青山焕发光彩，鸟儿为之欢唱；清清水潭照见身影，使心境也如洗过一般清净空明，进一步将诗境引向忘情尘俗。于是读者也仿佛置身其境，与诗人一起品味那回荡不绝的钟磬之声。

江南逢李龟年

［唐］杜甫

岐王宅里寻常见，

崔九堂前几度闻。

正是江南好风景，

落花时节又逢君。

表面看，这首诗写老友相逢，面对“江南好风景”，共同追忆往事，色调颇为温暖。但如果知道这首诗作于唐代宗大历五年（770），也就是杜甫去世那一年；如果知道李龟年这位长安城最出色的音乐家之一，此时流落江南，卖艺为生，那么，整首诗的色调就会迅速变得如落日黄昏般令人怅惘。岐王，即唐玄宗的弟弟李范；崔九，即中书令崔湜的弟弟崔涤。“岐王宅”“崔九堂”，两个鼎盛时期文艺名流经常雅集的地方，已成遥不可及的梦境，昔盛今衰，对比尖锐，使人感到分外沉重。“正是”和“又”两个虚词，一转一跌，字里行间寓藏无限感慨。清代选本《唐宋诗醇》评论说，这首诗“悄然数语，可抵白氏一篇《琵琶行》矣”。

望岳

［唐］杜甫

岱宗夫如何？
齐鲁青未了。
造化钟神秀，
阴阳割昏晓。
荡胸生层云，
决眦入归鸟。
会当凌绝顶，
一览众山小。

这首诗是杜甫青年时代的佳作。从诗的意思来看，杜甫当时并没有登上泰山。所以诗歌所写只是远观的景象。那无尽的青翠高耸的峰峦、迷蒙的云雾、自由的飞鸟，是如此深刻地诱惑着杜甫，使他渴望登上泰山之巅！诗中洋溢着对祖国壮丽山河的热爱，洋溢着积极进取的乐观精神。这和饱经沧桑之后杜甫诗风的深沉厚重是不同的。

春望

［唐］杜甫

国破山河在，
城春草木深。
感时花溅泪，
恨别鸟惊心。
烽火连三月，
家书抵万金。
白头搔更短，
浑欲不胜簪。

这是一首忧国思家之作。第一句就点出诗歌的主旨是感时伤乱。长安城被安禄山叛军占领蹂躏后，残破不堪，草木丛生。诗人目睹这一惨变，心中忧愁郁结。春天到了，这原是美好的季节，可花儿开放、鸟儿鸣叫的大好春景对于诗人来说，竟是那样触目惊心。诗中对景色的描写，带有诗人强烈的个人感情色彩。由对国家前途的忧虑，又自然转到对家人的思念，这两方面是紧紧联系在一起的。最后以白头不胜簪的夸张笔调，突出了自己忧思的深广沉郁。整首诗结构绵密，环环紧扣，格律精工，情景交融，是爱国诗歌里的佳作。

茅屋为秋风所破歌

［唐］杜甫

八月秋高风怒号，卷我屋上三重茅。茅飞渡江洒江郊，高者挂罥长林梢，下者飘转沉塘坳。南村群童欺我老无力，忍能对面为盗贼，公然抱茅入竹去。唇焦口燥呼不得，归来倚杖自叹息。俄顷风定云墨色，秋天漠漠向昏黑。布衾多年冷似铁，娇儿恶卧踏里裂。床头屋漏无干处，雨脚如麻未断绝。自经丧乱少睡眠，长夜沾湿何由彻。安得广厦千万间，大庇天下寒士俱欢颜，风雨不动安如山！呜呼！何时眼前突兀见此屋，吾庐独破受冻死亦足！

唐乾元三年（760）春天，杜甫在亲友帮助下于成都浣花溪边盖起了一座茅屋，总算有了栖身之所。不料大风大雨接踵而至，诗人长夜难眠，感慨万千，于是写下了这脍炙人口的诗篇。诗歌写的是自己的遭遇，抒发的却是忧国忧民的情感。诗歌开头五句以一系列的动态场面写秋风吹破茅屋的情景；后面五句写群童在大风里捡拾茅草，诗人失却茅草，发出无奈的叹息，从一个方面表明了诗人以及百姓的穷困程度。“俄顷风定云墨色”以下八句，写屋漏偏遭连夜雨的悲苦之况。“安得广厦千万间”以下数句，展现了诗人的博大胸襟和崇高理想，这种情感的升华使诗歌获得了不朽的品质。

羌村（其三）

［唐］杜甫

群鸡正乱叫，客至鸡斗争。
驱鸡上树木，始闻叩柴荆。
父老四五人，问我久远行。
手中各有携，倾榼浊复清。
莫辞酒味薄，黍地无人耕。
兵戈既未息，儿童尽东征。
请为父老歌，艰难愧深情。
歌罢仰天叹，四座泪纵横。

公元 755 年，“安史之乱”爆发，次年（756）长安失守，杜甫把家人送到鄜州羌村（在今陕西富县南），孤身投奔肃宗。途中为叛军所擒，系于长安。好容易逃出，找到肃宗，又因进谏被疏远，至德二载（757）深秋，回羌村去探望家人，《羌村三首》就是到家后所写。这是第三首，写邻居前来探望慰问的情形。“群鸡正乱叫，客至鸡斗争。驱鸡上树木，始闻叩柴荆。”写农村生活，情景如画。通过“酒味薄”的细节，轻轻引出“儿童尽东征”的话题，用“诗史”的笔触，记录了“安史之乱”对于社会的巨大破坏。

登楼

［唐］杜甫

花近高楼伤客心，
万方多难此登临。
锦江春色来天地，
玉垒浮云变古今。
北极朝廷终不改，
西山寇盗莫相侵。
可怜后主还祠庙，
日暮聊为梁父吟。

这首诗作于广德二年（764）春，杜甫住在成都，已是入川的第五年。上一年官军收复河南河北，“安史之乱”平定；但不久又发生了“吐蕃之乱”，局势继续动荡不安。诗中的“西山寇盗”，即指吐蕃。“万方多难”则包括以上种种内忧外患。锦江即濯锦江，岷江流经成都附近的一段，一说指成都市内之浣花溪。玉垒即玉垒山，在成都西北。北极朝廷终不改，比喻唐代政权稳固。后主指蜀后主刘禅，亡国之君。还祠庙，指祠庙犹存，前车可鉴。梁父吟，也作“梁甫吟”，古乐府，据说诸葛亮隐居时“好为梁甫吟”。

行军九日思长安故园

[唐] 岑参

强欲登高去，
无人送酒来。
遥怜故园菊，
应傍战场开。

岑参（715？—770），南阳（今河南南阳）人。官至嘉州刺史，世称岑嘉州，著名边塞诗人，与高适齐名。他的许多优秀诗篇都写于边塞和军营中，诗题中的“行军”，表明这也是一首军旅之作。时逢九月九日重阳节，诗人也想去登高，可是又借口没有人来送酒助兴，不想去。眼前的秋景使他想到，长安旧居的那一丛菊花应该也开放了吧？只是那里可能已沦为战场——这才是诗人没有心情登高的原因所在。本诗原注：“时未收长安。”史载，唐军于该月收复长安，但诗人尚不知道情形究竟如何，“应”字是揣想之辞，暗示了诗人对长安故园和家人的满怀担忧之情。《南史·隐逸传》：“（陶潜）尝九月九日无酒，出宅边菊丛中坐久之。逢（王）弘送酒至，即便就酌，醉而后归。”“无人送酒”和“故园菊”，都暗用这个典故。

逢入京使

［唐］岑参

故园东望路漫漫，
双袖龙钟泪不干。
马上相逢无纸笔，
凭君传语报平安。

天宝八载（749），岑参第一次从军西征，赴安西（今新疆库车）节度使高仙芝幕府任掌书记。虽然诗人立志投身边塞军旅，去实现建功立业的理想，但真踏上离家的路，他的心情又是复杂的，难免依依不舍。他纵马西行，却又不时回头东望长安，只是离家日远，家园早已从视野中消失了。他不禁洒落思亲之泪，又赶紧用袖子拭去。龙钟，就是湿漉漉的样子。要能跟家人互通音信，那该多好！这时恰好碰上一个回京城办事的使者，可是马上相逢，行色匆匆，根本来不及找出纸笔写信。无奈之下，诗人只能拜托这位使者给家人带个口信，说明自己旅途平安。这平安口信能不能带到呢？诗人和读者都不知道，这就有了一种让人放心不下的悬念，可说是言已尽，情未了，诗的韵味就在这里，沈德潜评论本诗说：“人人胸臆中语，却成绝唱。”（《唐诗别裁集》卷十九）

走马川行奉送封大夫出师西征

［唐］岑参

君不见走马川行雪海边，平沙莽莽黄入天。轮台九月风夜吼，一川碎石大如斗，随风满地石乱走。匈奴草黄马正肥，金山西见烟尘飞，汉家大将西出师。将军金甲夜不脱，半夜军行戈相拨，风头如刀面如割。马毛带雪汗气蒸，五花连钱旋作冰，幕中草檄砚水凝。虏骑闻之应胆慑，料知短兵不敢接，车师西门伫献捷。

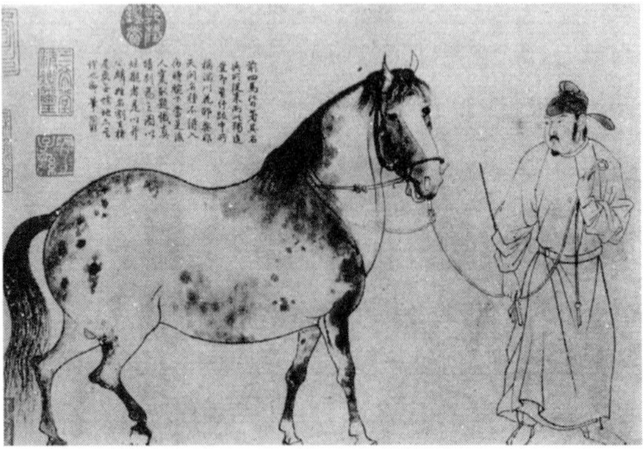

题目中的“封大夫”，即封常清（690—756），唐朝名将，天宝十三载（754）任北庭都护，奏请以岑参为节度判官。封常清与岑参曾同在高仙芝幕府，两人关系融洽。这次出塞，岑参意气风发，写了许多反映西域从军生活的边塞诗，境界空前开阔，形成了雄奇瑰丽的诗风。他的好几首脍炙人口的边塞诗是献给封常清的，如《轮台歌奉送封大夫出师西征》和本诗。走马川，可能指轮台以西的白杨河，即今新疆玛纳斯河。诗中描写唐军顶风冒雪行军的紧张场面，以恶劣的自然环境，反衬全军上下高昂的气势和不畏艰险的战斗意志，读来令人振奋。诗围绕“风”、寒字落笔，“石乱走”“面如割”等状风沙猛烈，“旋作冰”“砚水凝”等状天气严寒，生动地勾勒出西北绝域特色。全诗句句用韵，三句一转，读来节奏急促有力、声调激越豪壮，有如进行曲。

白雪歌送武判官归京

［唐］岑参

北风卷地白草折，胡天八月即飞雪。
忽如一夜春风来，千树万树梨花开。
散入珠帘湿罗幕，狐裘不暖锦衾薄。
将军角弓不得控，都护铁衣冷犹著。
瀚海阑干百丈冰，愁云惨淡万里凝。
中军置酒饮归客，胡琴琵琶与羌笛。
纷纷暮雪下辕门，风掣红旗冻不翻。
轮台东门送君去，去时雪满天山路。
山回路转不见君，雪上空留马行处。

本诗是送别诗，对边地大雪的描写生动奇特。北风、白草是北方边地常见的事物，诗人提笔就点明了环境和季节。“胡天八月即飞雪”，一个“即”字透露出内地人的惊奇。“忽如一夜春风来，千树万树梨花开”，新奇的比喻，显示出诗人不仅不以大雪为苦，反倒有一种见到奇特景致的欣喜。以下就着重描写边地的奇寒：将军的角弓拉不开，将士穿着冰冷的铁衣，整个世界冰天雪地，连红旗也冻得飘不动了。后半部分诗人笔锋一转，进入送别的主题。在中军帐置酒饯别后，到轮台东门送行，人们目送武判官在大雪中离去，消失在山的那一边。“山回路转不见君，雪上空留马行处”，诗歌戛然而止，余味无穷。

夜上受降城闻笛

［唐］李益

回乐峰前沙似雪，
受降城外月如霜。
不知何处吹芦管，
一夜征人尽望乡。

这首小诗大意是：回乐一带烽火台下的沙地白得像雪，受降城外的月色犹如白霜。不知什么地方有人吹起芦管，乐声勾动乡思，一夜之间，征人们纷纷回望故乡。回乐在今宁夏回族自治区境内，受降城在今内蒙古自治区境内，唐代都是军队驻守的地方。

月夜

［唐］刘方平

更深月色半人家，
北斗阑干南斗斜。
今夜偏知春气暖，
虫声新透绿窗纱。

刘方平，洛阳（今河南洛阳）人，工诗，善画山水，年轻时就已经很有名。现存诗二十六首，多写景咏物之作，文思悠远，意境清幽。这首清丽、隽永的小诗，生动地描写了春夜初临的景象。已是深夜，月亮像往常一样照亮了一半庭院，北斗、南斗也像往常一样渐渐倾斜，可是有一点不一样，好像比以前多了点东西，是什么呢？切切的虫声透过翠绿的窗纱传进房中，原来是温暖的春天到了。古人往往用虫声来写秋意，诗人却巧妙地用它来表达春的惊喜，独具匠心。

晚春

［唐］韩愈

草树知春不久归，
百般红紫斗芳菲。
杨花榆荚无才思，
惟解漫天作雪飞。

韩愈（768—824），字退之，河南河阳（今河南孟州）人，唐代杰出的文学家、思想家、政治家，世称韩昌黎、韩文公等。他倡导古文，以弘扬儒道为己任。这首诗属于作者的《游城南十六首》之一，描写晚春情景。“百般红紫斗芳菲”一句，很容易让人想起朱熹的“万紫千红总是春”。不过朱熹的句子少了些感情，韩愈的这句用了一个“斗”字，就把草树写活了，它们抓住春天的尾巴争奇斗艳。那些柳絮榆钱儿们没有草树这样千变万化的才情，只知道像雪一样单调地漫天飞舞。才思的思，读作 sì，作名词，这样读才合乎平仄。东晋才女谢道韫把雪花比作柳絮，说“未若柳絮因风起”，这首诗反过来，把柳絮比作雪花，也是一样聪明。

左迁至蓝关示侄孙湘

[唐]韩愈

一封朝奏九重天，
夕贬潮阳路八千。
欲为圣明除弊事，
肯将衰朽惜残年！
云横秦岭家何在？
雪拥蓝关马不前。
知汝远来应有意，
好收吾骨瘴江边。

元和十四年（819），因上《论佛骨表》批评唐宪宗，被流放至岭南当潮州刺史。侄孙韩湘赶到蓝关（在今陕西蓝田境内）送行，韩愈写了这首诗。古人以右为贵，左迁就是贬官。只因呈上一份表达不同意见的奏折，马上被贬到遥远的潮州。但他并不后悔，不惜搭上一把老骨头。“云横”两句借景抒情，是千古传唱的名句。连马儿也畏难不愿前行，诗人却半开玩笑地对韩湘表示：南方瘴气厉害，恐怕你要到那里去替我收拾尸骨了。诗中虽有对命运的感慨，却又以甘愿承受一切的心态从容应对，千古之下，犹能感觉到那种浩然之气，济世之志。

早春呈水部张十八员外（其一）

［唐］韩愈

天街小雨润如酥，
草色遥看近却无。
最是一年春好处，
绝胜烟柳满皇都。

张十八，即张籍，在本家族兄弟中排行十八，曾任水部员外郎。诗歌表达了作者对春天来临时生机蓬勃景象的敏感以及由此引发的欣悦之情。“草色遥看近却无”一句，刻画早春的诗意形象以及心灵的微妙感受，清新秀雅，颇具神韵。韩愈是“韩孟诗派”的代表人物，以写奇崛险怪的诗著称，而此诗则语言清新、自然、流畅，体现了韩愈诗歌特色的另一面。

秋词（其一）

［唐］刘禹锡

自古逢秋悲寂寥，
我言秋日胜春朝。
晴空一鹤排云上，
便引诗情到碧霄。

刘禹锡（772—842），字梦得，洛阳（在今河南）人，一说是彭城（今江苏徐州）人。他中进士后做过监察御史等官，并和柳宗元等人一起参加王叔文变法集团，失败后被长期贬谪在边远地区，二十多年后才回到朝中，官终检校礼部尚书，晚年与白居易交好，并称“刘白”。在传统文人心目中，秋天是悲伤的季节，因为在北方，所有树木的叶子都要凋落了。可是在这首小诗里，诗人唱了反调，他说：自古以来，一到秋天，人们都开始悲伤，可是我觉得，秋天比春天还要好。不信你看那万里晴空之上，一只白鹤凌空飞起，就会把诗情牵引到碧霄之上。

酬乐天扬州初逢席上见赠

［唐］刘禹锡

巴山楚水凄凉地，
二十三年弃置身。
怀旧空吟闻笛赋，
到乡翻似烂柯人。
沉舟侧畔千帆过，
病树前头万木春。
今日听君歌一曲，
暂凭杯酒长精神。

唐敬宗宝历二年（826），刘禹锡从和州返回洛阳，途中在扬州遇到白居易，白居易在宴席上写了一首诗赠给他，他便写了这首诗作为酬答。本诗抒发了诗人的世事沧桑之感。诗人居巴山楚水二十三年，其间旧游零落，人事变迁，令人叹惋。然而诗人也深刻地认识到新旧更迭、荣衰代谢是自然之势，应以豁达之心看待。诗歌首联回顾自身经历，沉郁苍凉；颔联因人及事，感慨惆怅；颈联以旷达之理自我安慰；末联则寄一片凄楚于片刻的温馨之中。“沉舟侧畔千帆过，病树前头万木春”句，寄人生哲理于鲜明形象，意境开阔，思想深邃，为后世所传诵。

陋室铭

［唐］刘禹锡

山不在高，有仙则名。水不在深，有龙则灵。斯是陋室，惟吾德馨。苔痕上阶绿，草色入帘青。谈笑有鸿儒，往来无白丁。可以调素琴，阅金经。无丝竹之乱耳，无案牍之劳形。南阳诸葛庐，西蜀子云亭。孔子云：何陋之有？

刘禹锡主要以诗闻名，不以文章见长，但这篇《陋室铭》是广为传诵的名文。顾名思义，本文是为作者所居住的简陋的屋子作的一篇赞颂性质的铭文，但作者的本意并不在于赞颂屋子，而是借物抒情，通过为陋室作铭来表明陋室的主人——即作者自己安贫乐道、不慕富贵浮名的高尚品德。文章一开头用了起兴的手法，然后点明主旨：“斯是陋室，惟吾德馨。”将陋室与主人的品德联系起来。下面谈陋室环境的清幽淡雅、来客的渊博不俗，以及主人情趣的高雅脱俗。接着以两个历史上著名的人物诸葛亮、扬雄为例，指出他们也曾住在陋室里，但最后在学问、功业方面取得了成就，言外之意是：本文所写这所陋室的主人，也具有诸葛亮、扬雄一样的品行和抱负。文章最后引孔子“何陋之有”的话作为结束，其实暗含了孔子的前一句话“君子居之”，再次申明陋室主人以自己高尚的品行为荣的主旨。铭文一般都很短小，形式上通常要求押韵和使用对偶。本文只有八十一个字，浅显易懂而又立意深刻。全文主要由四、五言的对句组成，一韵到底，音韵铿锵、朗朗上口，富有音乐美，适宜朗读、背诵，这也是它广为传诵的原因之一。

卖炭翁

［唐］白居易

卖炭翁，伐薪烧炭南山中。满面尘灰烟火色，两鬓苍苍十指黑。卖炭得钱何所营？身上衣裳口中食。可怜身上衣正单，心忧炭贱愿天寒。夜来城外一尺雪，晓驾炭车辗冰辙。牛困人饥日已高，市南门外泥中歇。翩翩两骑来是谁？黄衣使者白衫儿。手把文书口称敕，回车叱牛牵向北。一车炭，千余斤，宫使驱将惜不得。半匹红纱一丈绫，系向牛头充炭直。

这首诗是白居易《新乐府》五十首中的一首，作于元和四年（809），揭露了严重损害百姓利益的宫市制度。“宫”指皇宫，“市”是买的意思，本义是宫中日用所需由太监直接向民间“采购”，但实际上变成巧取豪夺，正如韩愈《顺宗实录》所说：“名为宫市，其实夺之。”“心忧炭贱愿天寒”，写出了卖炭翁艰难的处境。“半匹红绡”两句，写出了宫使的强横无理。真实就是力量，作品在矛盾冲突的高潮时刻戛然而止，留下了一堆尖锐的问题让读者思考。

观刈麦

［唐］白居易

田家少闲月，五月人倍忙。夜来南风起，小麦覆陇黄。妇姑荷箪食，童稚携壶浆。相随饷田去，丁壮在南冈。足蒸暑土气，背灼炎天光。力尽不知热，但惜夏日长。复有贫妇人，抱子在其旁。右手秉遗穗，左臂悬敝筐。听其相顾言，闻者为悲伤：家田输税尽，拾此充饥肠。今我何功德，曾不事农桑。吏禄三百石，岁晏有余粮。念此私自愧，尽日不能忘。

题下原有注：“时为盩厔县尉。”盩厔在陕西省，今已改为“周至”。这是白居易早年所写的一首著名的讽喻诗。此诗开头先交代诗歌内容展开的时令背景，接着写妇幼青壮在田间忙忙碌碌的场面，说明农事的艰辛。又特写一贫妇边照看孩子边拾麦穗的情景，揭露百姓所受赋税压迫之沉重。最后诗人触景生情，由农民的困苦想到自己的舒适，并为自己作为统治阶层的一员过着养尊处优的生活而感到羞惭，表达了对劳动人民的深切同情，暗含着对统治者的讥讽与规劝。

长恨歌

［唐］白居易

汉皇重色思倾国，御宇多年求不得。杨家有女初长成，养在深闺人未识。天生丽质难自弃，一朝选在君王侧。回眸一笑百媚生，六宫粉黛无颜色。春寒赐浴华清池，温泉水滑洗凝脂。侍儿扶起娇无力，始是新承恩泽时。云鬓花颜金步摇，芙蓉帐暖度春宵。春宵苦短日高起，从此君王不早朝。承欢侍宴无闲暇，春从春游夜专夜。后宫佳丽三千人，三千宠爱在一身。金屋妆成娇侍夜，玉楼宴罢醉和春。姊妹弟兄皆列土，可怜光彩生门户。遂令天下父母心，不重生男重生女。骊宫高处入青云，仙乐风飘处处闻。缓歌慢舞凝丝竹，尽日君王看不足。渔阳鼙鼓动地来，惊破霓裳羽衣曲。九重城阙烟尘生，千乘万骑西南行。翠华摇摇行复止，西出都门百余里。六军不发无奈何，宛转蛾眉马前死。花钿委地无人收，翠翘金雀玉搔头。君王掩面救不得，回看血泪相和流。黄埃散漫风萧索，云栈萦纡登剑阁。峨眉山下少人行，旌旗无光日色薄。蜀江水碧蜀山青，圣主朝朝暮暮情。行宫见月伤心色，夜雨闻铃肠断声。天旋地转回龙驭，到此踌躇不能去。马嵬坡下泥土中，不见玉颜空死处。君臣相顾尽沾衣，东望都门信马归。归来池苑皆依旧，太液芙蓉未央柳。

芙蓉如面柳如眉，对此如何不泪垂。春风桃李花开日，秋雨梧桐叶落时。西宫南内多秋草，落叶满阶红不扫。梨园弟子白发新，椒房阿监青娥老。夕殿萤飞思悄然，孤灯挑尽未成眠。迟迟钟鼓初长夜，耿耿星河欲曙天。鸳鸯瓦冷霜华重，翡翠衾寒谁与共。悠悠生死别经年，魂魄不曾来入梦。临邛道士鸿都客，能以精诚致魂魄。为感君王辗转思，遂教方士殷勤觅。排空驭气奔如电，升天入地求之遍。上穷碧落下黄泉，两处茫茫皆不见。忽闻海上有仙山，山在虚无缥缈间。殿阁玲珑五云起，其中绰约多仙子。中有一人字太真，雪肤花貌参差是。金阙西厢叩玉扃，转教小玉报双成。闻道汉家天子使，九华帐里梦魂惊。揽衣推枕起徘徊，珠箔银屏迤逦开。云鬓半偏新睡觉，花冠不整下堂来。风吹仙袂飘飘举，犹似霓裳羽衣舞。玉容寂寞泪阑干，梨花一枝春带雨。含情凝睇谢君王，一别音容两渺茫。昭阳殿里恩爱绝，蓬莱宫中日月长。回头下望人寰处，不见长安见尘雾。唯将旧物表深情，钿合金钗寄将去。钗留一股合一扇，钗擘黄金合分钿。但教心似金钿坚，天上人间会相见。临别殷勤重寄词，词中有誓两心知。七月七日长生殿，夜半无人私语时。在天愿作比翼鸟，在地愿为连理枝。天长地久有时尽，此恨绵绵无绝期。

本诗作于元和元年（806）年冬十二月，当时白居易和朋友陈鸿、王质夫等同游仙游寺，谈及唐玄宗、杨贵妃的故事，感慨万千。白居易就作了这首《长恨歌》。唐玄宗本来是一个英明有为的君主，在他统治期间出现了开元盛世的局面，但由于晚年宠爱杨贵妃，信用奸臣，终于导致了使唐朝由盛转衰的“安史之乱”。在逃往蜀地的途中，迫于军队的要求，不得不忍痛赐贵妃自缢而死，酿成一场悲剧。《长恨歌》正是敷演这一悲剧而成。诗中强调了玄宗与贵妃的真挚爱情，感人至深。但其中也不乏美化历史的地方，如杨玉环本来是玄宗的儿子寿王李瑁的妃子，玄宗在宠妃武惠妃去世后，就要求杨玉环出家做女道士，不久接入宫中封为贵妃。诗中写“杨家有女初长成，养在深闺人未识”是为了替玄宗隐讳。

全诗内容可分为三大部分，从开头到“惊破霓裳羽衣曲”为第一部分，描写玄宗的重色、贵妃的得宠、二人欢乐已极的奢侈生活以及由此埋下的祸根；从“九重城阙烟尘生”到“魂魄不曾来入梦”为第二部分，描写“安史之乱”爆发、玄宗出逃、贵妃赐死以及玄宗对贵妃的深深的思念。从“临邛道士鸿都客”到最后是第三部分，描写道士为玄宗上天入地寻找贵妃，终于在仙山上找到，贵妃在蓬莱宫中遥寄深情。全诗虽然很长，在中国古代诗歌中属于罕见的长篇巨制，但犹如行云流水，一气呵成，全无阻滞。在内容上，一方面基于玄宗、贵妃爱情经历的历史真实，一方面又采用民间传闻与小说的内容，如长生殿上夜半私语，还掺入神话故事，如临邛道士，使得诗歌具有富丽奇瑰的浪漫主义色彩。在艺术上，善于使用反衬与对比的手法，如第一部分的大喜与第二部分的大悲形成鲜明的对比，既批评了玄宗重色误国的荒唐，又流露出深深的同情。

琵琶行（并序）

〔唐〕白居易

元和十年，余左迁九江郡司马。明年秋，送客湓浦口，闻舟中夜弹琵琶者。听其音，铮铮然有京都声。问其人，本长安倡女，尝学琵琶于穆、曹二善才。年长色衰，委身为贾人妇。遂命酒，使快弹数曲。曲罢悯然，自叙少小时欢乐事，今漂沦憔悴，转徙于江湖间。余出官二年，恬然自安，感斯人言，是夕始觉有迁谪意。因为长句，歌以赠之，凡六百一十六言，命曰《琵琶行》。

浔阳江头夜送客，枫叶荻花秋瑟瑟。主人下马客在船，举酒欲饮无管弦。醉不成欢惨将别，别时茫茫江浸月。忽闻水上琵琶声，主人忘归客不发。寻声暗问弹者谁，琵琶声停欲语迟。移船相近邀相见，添酒回灯重开宴。千呼万唤始出来，犹抱琵琶半遮面。转轴拨弦三两声，未成曲调先有情。弦弦掩抑声声思，似诉平生不得志。低眉信手续续弹，说尽心中无限事。轻拢慢捻抹复挑，初为霓裳后六幺。大弦嘈嘈如急雨，小弦切切如私语。嘈嘈切切错杂弹，大珠小珠落玉盘。间关莺语花底滑，幽咽泉流冰下难。冰泉冷涩弦凝绝，凝绝不通声暂歇。别有幽愁暗恨生，此时无声胜有声。银瓶乍破水浆迸，铁骑突出刀枪鸣。曲终收拨当心画，四弦一声如裂帛。东船西舫悄无言，唯见江心秋月白。沉吟放拨插弦中，整顿衣裳起敛容。自言本是京城女，家在虾蟆陵下住。十三学得琵琶成，名属教坊第一部。曲罢曾教善才服，妆成每被秋娘妒。五陵年少争缠头，一曲红绡不知数。钿头银篦击节碎，血色罗裙翻酒污。今年欢笑复明年，秋月春风等闲度。弟走从军阿姨死，暮去朝来颜色故。门前冷落鞍马稀，老大嫁作商人妇。商人重利轻别离，前月浮梁买茶去。去来江口守空船，绕船月明江水寒。夜深忽梦少年事，梦啼妆泪红阑干。我闻琵琶已叹息，又闻此语重唧唧。同是天涯沦落人，相逢何必曾相识。我从去年辞帝京，谪居卧病浔阳城。浔阳地僻无音乐，终岁不闻丝竹声。住近湓江地低湿，黄芦苦竹绕宅生。其间旦暮闻何物，杜鹃啼血猿哀鸣。春江花朝秋月夜，往往取酒还独倾。岂无山歌与村笛，呕哑嘲哳难为听。今夜闻君琵琶语，如听仙乐耳暂明。莫辞更坐弹一曲，为君翻作琵琶行。感我此言良久立，却坐促弦弦转急。凄凄不似向前声，满座重闻皆掩泣。座中泣下谁最多？江州司马青衫湿。

元和十年（815）六月，宰相武元衡被刺，白居易上书请急捕贼，有人认为他越职言事，贬为江州司马。这件事对白居易的影响很大，是他思想的一个转折点，从此他从政的锐气受到挫折，渐渐倾向于“独善其身”。从诗前小序中我们知道，这首诗写于作者被贬官后的第二年，是因为听到了一位歌女的琵琶触发了身世之感。有人认为这未必实有其事，作者只是借题发挥。是否实有其事并不重要，重要的是作者又为我们留下一部悲怆感人的长诗，留下“同是天涯沦落人，相逢何必曾相识”的真诚心声。全诗内容可以分为四部分，从开始到“犹抱琵琶半遮面”是第一部分，写作者江头送客和琵琶女的出现；从“转轴拨弦三两声”到“唯见江心秋月白”是第二部分，写琵琶女的高超技艺；从“沉吟放拨插弦中”到“梦啼妆泪红阑干”为第三部分，写琵琶女自述身世；从“我闻琵琶已叹息”到最后

是第四部分，写“我”的感触。长诗感人至深的地方在于作者把自己和沦落江湖的风尘女子放在平等的位置上，真诚地同情对方，以博大的胸怀体会、容纳人间

共同的不幸。本诗在艺术上的另一突出成就是对音乐出神入化、细致入微的描写，“嘈嘈切切错杂弹，大珠小珠落玉盘”，把抽象的声音具体化为如在目前的形象，成为描写音乐的名句。作者还善于使用景物烘托的手法，如写琵琶女演奏之后，“东船西舫悄无言，惟见江心秋月白”，以一片静谧为刚刚弹奏过的铮铮乐曲作收结，更使人回味无穷。

钱塘湖春行

［唐］白居易

孤山寺北贾亭西，
水面初平云脚低。
几处早莺争暖树，
谁家新燕啄春泥。
乱花渐欲迷人眼，
浅草才能没马蹄。
最爱湖东行不足，
绿杨阴里白沙堤。

钱塘湖即今杭州西湖。白居易于长庆三到四年（823—824）任杭州刺史，本诗当作于此时。孤山是西湖上的一处名胜，在里湖和外湖之间。贾亭是唐贞元中，贾全做杭州刺史时在西湖构筑的亭子。此诗写诗人漫游西湖所见的景象以及领略初春风物后产生的欢愉之情。诗人选择“早莺”“新燕”“乱花”“浅草”等迷眼之景，动静结合，突现春天之生机盎然。诗歌格调轻松愉快，其感情、笔触与西湖美景和谐相融，构成如画的意境。

望月有感

[唐]白居易

自河南经乱，关内阻饥，兄弟离散，各在一处。因望月有感，聊书所怀，寄上浮梁大兄、於潜七兄、乌江十五兄，兼示符离及下邽弟妹。

时难年荒世业空，
弟兄羁旅各西东。
田园寥落干戈后，
骨肉流离道路中。
吊影分为千里雁，
辞根散作九秋蓬。
共看明月应垂泪，
一夜乡心五处同。

这首诗作于唐德宗贞元十五年（799），白居易在洛阳。当时河南道境内发生了大规模叛乱，即诗题所言“河南经乱”。关内又旱灾严重，可谓天灾人祸一齐降临。白居易担心亲人，写下这首诗，寄给分散在浮梁（今江西景德镇）、於潜（今浙江临安）、乌江（今安徽和县）、符离（今安徽宿州）、下邽（在今陕西渭南）等地的亲人。遭逢乱世，家园荒芜，兄弟离散，人人都如离群孤雁，无根蓬草，不知明天会如何。诗人想象这个难眠之夜，大家在五个地方，怀着同样的思乡之情，望月垂泪。写战乱思亲的名篇很多，这首的好处是读来如话家常，而又句句说到心上，只因这是作者的真情实感，自然动人。

雁门太守行

[唐]李贺

黑云压城城欲摧，
甲光向日金鳞开。
角声满天秋色里，
塞上燕脂凝夜紫。
半卷红旗临易水，
霜重鼓寒声不起。
报君黄金台上意，
提携玉龙为君死。

诗的开头两句说黑云高压城上，城像立刻就要被摧毁一般，云隙中射出的日光照在战士们的盔甲上，闪现出一片金鳞。这是描写敌兵压境、危城将破的情景。三、四句，“角声满天”是说白天的鏖战；“燕脂凝夜紫”意指战血夜凝，描写激战过后的情景。五、六两句是形容撤退时军旗半卷，鼓声不振。结尾两句表明奋死抗敌、尽忠报国的决心。诗歌巧妙地将一些对比鲜明的色彩交织运用在一起，更突出了战争场景的残酷与悲壮，并形成诗歌视觉与感觉上强烈的节奏感，增强了艺术表现力。雁门，在今山西省大同市东北一带。易水在今河北易县境内。

秋夕

［唐］杜牧

银烛秋光冷画屏，
轻罗小扇扑流萤。
天阶夜色凉如水，
卧看牵牛织女星。

诗歌描写一位寂寞的宫廷女子，在一个秋天的夜晚，抬头看见牛郎织女星的情景：白色烛光映照着清冷画屏，女子手拿小罗扇，无所事事，扑捉萤火虫解闷。门外石阶夜色清凉如水，可是睡不着觉，躺着看天上的牛郎织女星。这时候，她心里会想些什么呢？没人知道。

泊秦淮

［唐］杜牧

烟笼寒水月笼沙，
夜泊秦淮近酒家。
商女不知亡国恨，
隔江犹唱后庭花。

金陵是六朝古都，唐代的都城虽然不在这里，但秦淮河两岸依然是歌舞繁华之地。诗人夜泊秦淮，因为对时局有清醒的认识，担心国家的命运，所以眼中所见的秦淮河带有一种凄迷的色彩：轻烟笼罩着寒水，月光笼罩着白沙。隔岸不时传来商女的歌声和酒客的喧哗，诗人心中感到痛楚，前代亡国的教训那么快就被遗忘了，还有人在纸醉金迷地生活，陶醉于《后庭花》的亡国之音中。诗人虽然说“商女不知亡国恨”，但商女只是为了生计，实际上批评的矛头是指向点歌、听歌的客人的。

赤壁

［唐］杜牧

折戟沉沙铁未销，
自将磨洗认前朝。
东风不与周郎便，
铜雀春深锁二乔。

东汉建安十三年（208），刘备和孙权的联军在赤壁用火攻的方法，打败了曹操的八十万军队，奠定了天下三分的格局。周郎即周瑜，东吴名将。二乔是东吴著名美女，大乔是孙策的妻子，小乔是周瑜的妻子。这是一首著名的怀古诗。诗从现实写起，诗人在江边沙中捡到一件旧兵器，知道是赤壁之战遗物，斑斑锈迹中仿佛还带有当年的刀光火痕，隐隐可以听到千军万马的厮杀声。一件小小的古物，引发了诗人的思古之幽情。赤壁之战是历史上有名的以少胜多的战役，本来有很多重大的事情可写，可是诗人避重就轻，假设历史，说当初如果东风不帮助周郎的话，早已国破家亡。有人批评杜牧过分强调东风这个偶然性因素，忽视了孙刘联军战前充分准备的作用。其实杜牧本人喜谈兵，有一定的军事才能，把赤壁之战的胜利归功于东风，隐含轻视周郎之意，这正是他以军事才能自负的体现。此诗作翻案文章，立意新颖。

望江南

［唐］温庭筠

梳洗罢，
独倚望江楼。
过尽千帆皆不是，
斜晖脉脉水悠悠。
肠断白蘋洲。

温庭筠（812?—866?），本名岐，一名庭云，字飞卿，太原祁（今山西祁县）人。他才思敏捷，但好讥刺权贵，生活又放浪不羁，仕途很不如意。他的诗与李商隐齐名，并称“温李”。他又精于音律，长于填词，词作见于《花间集》《尊前集》等，擅长表现女性生活和情感。这首小令写思妇怀人，题材不新鲜，写法却简洁而有余韵。梳洗罢，说明女主人公从一早就开始守望；与后面“斜晖”句联系起来看，可知她守候到黄昏。等了一整天，也失望了一整天，江上来来往往那么多船只，没有一只载来她等待的人。“脉脉”“悠悠”说的是斜阳、流水，其实也是说女子含情脉脉、思绪悠悠。日复一日陪伴这个伤心人的，只有那片同样无人怜惜、长着白蘋的沙洲。

商山早行

［唐］温庭筠

晨起动征铎，
客行悲故乡。
鸡声茅店月，
人迹板桥霜。
槲叶落山路，
枳花明驿墙。
因思杜陵梦，
凫雁满回塘。

晚唐诗人，“温李”并称，“李”是李商隐，“温”就是温庭筠。温庭筠以词见长，诗的成就不如李商隐，但具体而论，这首诗写得感慨深切，体物工细，可与李诗佳作相提并论。商山，又名楚山，在今陕西商洛市商州区。征铎，挂在马颈上的铃铛，“动征铎”表示上路。杜陵，汉宣帝陵墓，代指长安。作者离开长安，途经商山，写下所见所感，反映了古代旅途中的典型情景和典型心理，概括性强，因而引起读者广泛共鸣，成为传诵之作。“鸡声”“人迹”两句尤其脍炙人口，虽然只是罗列景物，却能引发人们对早行场景、相关动态乃至心理活动的丰富联想，从而达到了“状难写之景如在目前，含不尽之意见于言外”的高明艺术境界。

七夕

［唐］李商隐

鸾扇斜分凤幄开，
星桥横过鹊飞回。
争将世上无期别，
换得年年一度来。

这首《七夕》大约作于唐宣宗大中八年（854）。大中五年，诗人遭遇重大打击，妻子王氏不幸病故。此后，怀念妻子的悼亡诗成为他创作的重要内容，七夕佳节更是引发他无限哀痛。牛郎织女星桥（即鹊桥）相会，人们都感叹其会面之难，可是诗人对此却无比羡慕：怎样才能将相见无期的生离死别，换成这每年一次的短暂相聚呢？他人的遗憾，竟成为诗人求之不得的美好愿望，其哀伤可知。李商隐写有五首七夕诗，都抒发了这种情感。同时代诗人李郢也有一首《七夕》诗，将这个意思说得更明白：“莫嫌天上稀相见，犹胜人间去不回。”

夜雨寄北

［唐］李商隐

君问归期未有期，
巴山夜雨涨秋池。
何当共剪西窗烛，
却话巴山夜雨时。

这是众口交赞的一首怀人诗。巴山蜀水凄凉地，在一个夜雨绵绵的夜晚，诗人想起接到家中的信询问归期，想到亲人的牵挂，可是诗人自己也不知道什么时候能回去。如何给家里回信呢？诗人只好自我安慰地想象，什么时候能和家人一起剪西窗下的烛花，一起回忆现在风雨之夜的相思之苦就好了。在想象中，相见的快乐将因为回忆当初的痛苦而加倍，而在现实中，预想的快乐更加深了此时的痛苦。现实的哀愁与将来的欢乐互相映照，使人久久回味、怅惘不已。

贾生

［唐］李商隐

宣室求贤访逐臣，
贾生才调更无伦。
可怜夜半虚前席，
不问苍生问鬼神。

贾生即贾谊，汉初文学家、政治家，因为受人排挤，被贬至长沙，这个典故常被后人用来抒写怀才不遇之感。但是在这首诗里，诗人独辟蹊径，从另一个角度揭示了贾谊的悲剧命运。号称明君的汉文帝没有忘记贾谊，三年后终于将他召回长安，并迫不及待地当面请教，两人促膝长谈，一直到深夜还意犹未尽——明主求贤、君臣际会，这场景多令人感动啊！可是且慢，文帝问了些什么呢？原来问的并非事关百姓的治国大计，而是关于鬼神之类。古人跪坐在席子上，“前席”是说汉文帝听得非常投入，不知不觉向前挪动。然而一个“虚”字，又把这种热切、好学的姿态彻底否定了。如果问的只是鬼神这种话题，那对满怀报国之志的贾谊来说，不是更可悲吗？历史上汉文帝向贾谊请教鬼神问题是事出有因，李商隐抓住这点做文章，意在借古讽今，表达对晚唐统治者的讽刺。

无题

［唐］李商隐

相见时难别亦难，
东风无力百花残。
春蚕到死丝方尽，
蜡炬成灰泪始干。
晓镜但愁云鬓改，
夜吟应觉月光寒。
蓬山此去无多路，
青鸟殷勤为探看。

这首哀怨凄婉的爱情诗，是千古传诵的名作。第一联是写两人的爱情虽遇阻隔，但感情仍很深厚。主人公的情感与暮春凄清的景象和谐地融为一体。第二联巧妙地运用了比喻和双关，明写春蚕和蜡烛，实际写的是人，是诗歌中抒情主人公对恋人的思之切、爱之深、情之坚定。第三联由己及人，设想恋人思念他的情形。末联是写抒情主人公在无奈中借助于神话传说以表达自己的无尽思恋。诗歌以美丽而朦胧的语言表达哀婉而深沉的感情，给人以无尽的回味。诗中的“丝”是双关语，既指蚕丝，又谐音相思之“思”。“泪”也是双关语，既指烛泪，又指相思之泪。青鸟传说中为西王母送信的神鸟，后来以青鸟作为信使的代称。

相见欢

［南唐］李煜

无言独上西楼。
月如钩。
寂寞梧桐深院锁清秋。
剪不断，
理还乱，
是离愁。
别是一般滋味在心头。

李煜（937—978），南唐后主。初名从嘉，字重光，中主李璟之子。公元975年，宋灭南唐，李煜肉袒出降，受封为“违命侯”，三年后被害。今传词三十多首，艺术成就很高。这首词作于亡国之后，抒写深切的故国之思、亡国之恨。作者归宋后，被宋太祖软禁。词的上片即写自己被软禁后的孤苦凄凉境况，与往昔身为国君时不啻霄壤之别。他因景生情，离乱之愁、亡国之哀顿生，难以自解，所以在词的下片发出韵味悠长的感叹。“剪不断，理还乱，是离愁。别是一般滋味在心头”，词浅意深，变抽象为形象，具有高度的艺术概括力，向来为人所称道。

虞美人

[南唐] 李煜

春花秋月何时了，
往事知多少。
小楼昨夜又东风，
故国不堪回首、月明中。

雕阑玉砌应犹在，
只是朱颜改。
问君能有几多愁？
恰似一江春水、向东流。

这首词写于李煜降宋“归为臣虏”期间，感怀故国，格外沉痛，是其代表作，充分体现了李煜后期词作的艺术特点。善用白描手法和巧妙比喻，语言真切自然、富有表现力，将个人的处境提升为某种共通的感悟，词的境界也变得深沉开阔。“春花秋月”多么美好，词人却只求它早日“了”却；小楼“东风”带来春天的信息，却引起作者“不堪回首”的嗟叹，“又”字点明难以忍受煎熬。结句“恰似一江春水向东流”，更是以水喻愁的名句，这个妙喻带活了整首词，也成为文学史上不朽的意象。

渔家傲·秋思

［宋］范仲淹

塞下秋来风景异，
衡阳雁去无留意。
四面边声连角起。
千嶂里，
长烟落日孤城闭。

浊酒一杯家万里，
燕然未勒归无计。
羌管悠悠霜满地。
人不寐，
将军白发征夫泪。

这首词为范仲淹在边塞军中所作，内容上表达了边塞将士保家卫国的英雄气概，以及他们思念家乡的凄苦之情。上片写秋日边塞的特异风光：飞雁远去，长烟落日，连绵的山峰围绕着孤城……意境荒凉而雄浑。下片写征人的矛盾心情。他们思念家乡，然而战争没有取得胜利，欲归无计。结句“将军白发征夫泪”哀愁而悲壮。此词写于北宋之初，一扫晚唐五代词柔媚婉约之余风，慷慨苍凉，开豪放词先河。衡阳雁去即雁去衡阳。

衡阳即今湖南省衡阳市，其旧城的南面有座回雁峰，相传大雁飞到这儿便不再南飞。燕然即杭爱山，在今蒙古国境内。东汉车骑将军窦宪大破北单于，登燕然山勒（刻）石纪功而还。

浣溪沙

［宋］晏殊

一曲新词酒一杯，
去年天气旧亭台。
夕阳西下几时回？
无可奈何花落去，
似曾相识燕归来。
小园香径独徘徊。

晏殊（991—1055），字同叔，临川（今江西临川）人。十四岁举神童，赐同进士出身，官至大学士同平章事，封临淄公。有《珠玉词》一卷。其词风流蕴藉，对宋初词风颇有影响。此词借伤春惜时之意，表怀人思旧之情。“无可奈何花落去，似曾相识燕归来”两句借物传意，融情入景，既象征某种事物一去不复返，又象征着某些使人眷恋的事物的重现，内蕴丰富，因而至今为人们所广泛引用。

破阵子

［宋］晏殊

燕子来时新社，
梨花落后清明。
池上碧苔三四点，
叶底黄鹂一两声。
日长飞絮轻。

巧笑东邻女伴，
采桑径里逢迎。
疑怪昨宵春梦好，
元是今朝斗草赢。
笑从双脸生。

新社即春社。燕子一般春社时来，秋社时去，所以又被称为“社燕”。社日是祭祀土地神的日子，春祭称春社，秋祭称秋社，起源极早，但古无定日，官社和民社，日期也不一样。唐朝以后，春社一般定于立春后第五个戊日，即立春后四十一到五十天之间，正好落在春分前后。不过元代以后，就慢慢衰

微了。春分之后十几天，就是清明节气。这首小词写的就是这个季节的情景。斗草，古代一种游戏，也叫“斗百草”。玩法分两种，一种将草相互交叉用劲拉扯，比韧性，称“武斗”。《红楼梦》里的对花名，则是“文斗”。燕子，梨花，黄鹂，飞絮，采桑，斗草……总之，这首小词里，清明前后该有的各种意象，差不多都齐全了。

采桑子

［宋］欧阳修

轻舟短棹西湖好，
绿水逶迤。
芳草长堤，
隐隐笙歌处处随。

无风水面琉璃滑，
不觉船移。
微动涟漪，
惊起沙禽掠岸飞。

欧阳修（1007—1072）是开一代风气的北宋文坛领袖，对于词这种新兴诗体，他并不看重，只是偶尔写作，“聊佐清欢”。但是他的词写得清新俊逸，艺术水准很高。《采桑子》一组十首，是吟咏西湖景物的，这个西湖是颍州（今属安徽阜阳）西湖。宋仁宗皇祐元年（1049），欧阳修转任颍州太守，晚年更是退居此处，寄情山水。这是组词中的第一首，写泛舟湖上所见到的幽静优美景致，轻快明丽，令人油然而生岁月静好之感。没有风的水面，像琉璃一样光润，平静得让人错以为船没有移动，这一句描写信手拈来，极为传神。惊起的水鸟打破了这种宁静，带来富有动态的变化。

登飞来峰

［宋］王安石

飞来山上千寻塔，
闻说鸡鸣见日升。
不畏浮云遮望眼，
自缘身在最高层。

飞来峰在越州（今浙江绍兴）飞来山。据史志记载，山上有塔高二十三丈，站在上面可见海上日出。诗人登上飞来峰，顿觉视野开阔，胸襟宽广，借此抒发了不凡的抱负。最后两句中，“浮云”也暗喻奸佞的小人。诗歌寓哲理于形象，以自然之景兼写政治人事，可见作者高瞻远瞩的胸怀和坚毅无畏的气概。

江城子·密州出猎

［宋］苏轼

老夫聊发少年狂。
左牵黄，右擎苍。
锦帽貂裘，千骑卷平冈。
为报倾城随太守，
亲射虎，看孙郎。

酒酣胸胆尚开张。
鬓微霜，又何妨。
持节云中，何日遣冯唐？
会挽雕弓如满月，
西北望，射天狼。

这首词作于熙宁八年（1075），苏轼到密州做太守的第二年。上片写出猎的装束和盛况，下片写猎后开怀畅饮，并以魏尚自比，希望能担当卫国重任。词作不但场面热烈，音节铿锵，而且情豪志壮，充满英雄气概，充分体现了苏轼豪放词的特色。密州即今山东诸城。“亲射虎，看孙郎”用孙权典故。建安年间，孙权去吴地曾亲自骑马射虎，这里借以自指。云中，秦汉时郡名，在今内蒙古托克托县东北。冯唐，汉文帝时为中郎署长。当时云中太守魏尚与匈奴作战，因上报杀敌数字与实际不符而被削职，冯唐向文帝进谏，认为魏尚有功，不应为一点小错治罪。于是文帝派冯唐持节到云中赦免了魏尚。天狼，星名，古时主侵犯、掠夺，这里以天狼喻西夏和辽国。当时西北边事正紧张。

水调歌头

［宋］苏轼

丙辰中秋，欢饮达旦，大醉。作此篇，兼怀子由。

明月几时有？把酒问青天。
不知天上宫阙，今夕是何年？
我欲乘风归去，又恐琼楼玉宇，高处不胜寒。
起舞弄清影，何似在人间。

转朱阁，低绮户，照无眠。
不应有恨，何事长向别时圆？
人有悲欢离合，月有阴晴圆缺，此事古难全。
但愿人长久，千里共婵娟。

丙辰指宋神宗熙宁九年（1076），苏轼到密州做太守的第三年。子由即苏辙，苏轼的弟弟。这首词上片望月，作者想超脱于尘俗世界，有“乘风归去”之想。但天上和人间，幻想和现实，出世和入世，两方面同时吸引着他。相比之下，他还是立足现实，觉得有兄弟亲朋的人间生活更温暖亲切。下片怀人，悲欢离合是人生憾事之一，此时苏轼兄弟已有六年不见，感伤之余，他也认识到，人有悲欢离合同月有阴晴圆缺一样，都是自然常理。终于以理遣情，离别这个人生憾事，从共同赏月的祝愿中，从友爱的感情中得到了补偿。词作境界高洁，情味深厚，“但愿人长久，千里共婵娟”尤其是千年传诵不衰的名句。

浣溪沙

[宋]苏轼

簌簌衣巾落枣花，
村南村北响缫车。
牛衣古柳卖黄瓜。

酒困路长惟欲睡，
日高人渴漫思茶。
敲门试问野人家。

元丰元年（1078），徐州发生严重春旱，苏轼当时担任徐州太守，亲往石潭求雨。下雨后，又亲自去石潭谢雨。石潭在城东二十里。沿途经过农村，这组《浣溪沙》共五首，就记载了途中情景。这是第四首。枣树正在开花，村民正在缫丝，路边有人卖黄瓜，行人敲门借茶，春末夏初种种细节，都写得情景如画。

定风波

［宋］苏轼

三月七日，沙湖道中遇雨。雨具先去，同行皆狼狈，余独不觉，已而遂晴，故作此词。

莫听穿林打叶声，
何妨吟啸且徐行。
竹杖芒鞋轻胜马，谁怕？
一蓑烟雨任平生。
料峭春风吹酒醒，微冷。
山头斜照却相迎。
回首向来萧瑟处，归去。
也无风雨也无晴。

这首词作于宋神宗元丰五年（1082），苏轼贬居黄州的第三个年头。词前小序详细交代了写作缘起：外出途中偶然遇雨，没有带雨具，别人都被淋得狼狈不堪，诗人自己却从中悟出了“也无风雨也无晴”的人生哲理，无论逆境顺境，都保持从容不迫的心境。

念奴娇·赤壁怀古

[宋]苏轼

大江东去，浪淘尽、千古风流人物。故垒西边，人道是，三国周郎赤壁。乱石穿空，惊涛拍岸，卷起千堆雪。江山如画，一时多少豪杰。遥想公瑾当年，小乔初嫁了，雄姿英发，羽扇纶巾。谈笑间，樯橹灰飞烟灭。故国神游，多情应笑我，早生华发。人生如梦，一樽还酹江月。

词中的赤壁，指黄州赤壁，一名“赤鼻矶”，在今湖北黄冈西。而三国古战场的赤壁，一般认为在今湖北赤壁市蒲圻县西北。在《前赤壁赋》开头，苏轼写道：“壬戌之秋，七月既望，苏子与客泛舟游于赤壁之下。”这首词就作于同一时期，即元

丰五年（1082）七月，苏轼贬居黄州时。内容很简单：傍晚时分，作者来到江边，看见乱石惊涛。西边有故垒，人家说这就是周郎赤壁。如画的江山里，曾有过多少英雄豪杰。比如周郎，当年娶了小乔，打了曹操。不过如今在哪里呢？都被大江东去浪淘尽。只剩我头发花白，故国神游。深感人生如梦，还是喝一杯吧。可苏轼怎么会这么写呢？他打乱了所有的句子，切碎了所有的时空，重新排序：劈头就是大江东去。然后故垒，然后才是眼前风景。再遥想古人，最后笑我，回到眼前。全诗立刻有了起伏跌宕。唯一支配全诗的，是情绪，如龙蛇游走；唯一笼罩全诗的，也是情绪，力擒龙头。终于把这首词写成豪放词最杰出的代表。

卜算子·黄州定慧院寓居作

［宋］苏轼

缺月挂疏桐，
漏断人初静。
谁见幽人独往来，
缥缈孤鸿影。

惊起却回头，
有恨无人省。
拣尽寒枝不肯栖，
寂寞沙洲冷。

元丰二年（1079），苏轼遭遇“乌台诗案”，受迫害下狱，后贬居黄州（今湖北黄冈）。这一变故对他打击沉重，孤愤的心境自然体现在创作中。初到黄州时，他曾住定慧院，词即作于此时。词人惊魂未定，心境孤寂，词中每个意象都写得幽深清绝，令人仿佛听见一颗受伤的魂灵在黑夜里无声叹息。但他并不因此沉沦，“拣尽”“不肯”，表明了宁愿独抱寂寞、不愿苟且迎合的高洁心志。老友兼门生黄庭坚最了解他，评论说：“非胸中有万卷书，笔下无一点尘俗气，孰能至此！”

鹊桥仙

[宋]秦观

纤云弄巧，
飞星传恨，
银汉迢迢暗度。
金风玉露一相逢，
便胜却人间无数。

柔情似水，
佳期如梦，
忍顾鹊桥归路。
两情若是久长时，
又岂在朝朝暮暮？

这首《鹊桥仙》是秦观的代表作，通过歌咏牛郎织女七夕故事，表达了对坚贞不渝爱情的信任和赞美。上片写一年一度的相逢，下片写短暂相聚后的分离。感情真挚，语言优美。金风玉露，指秋天的风露，因为牛郎织女相会的七夕，正是秋天。朝朝暮暮，指朝夕相聚。“两情若是久长时，又岂在朝朝暮暮”，成为千古流传的名句。

相见欢

［宋］朱敦儒

金陵城上西楼，
倚清秋。
万里夕阳垂地，
大江流。

中原乱，
簪缨散，
几时收？
试倩悲风吹泪，
过扬州。

朱敦儒（1081—1159），字希真，洛阳人。南宋著名词人，有“词俊”之名，与陈与义等并称“洛中八俊”。金陵，南京。中原乱，指靖康二年（1127）金人入侵，北宋灭亡。簪缨，代指当时的官僚士大夫。倩，请。这首词寥寥数句，却写得气象阔大，无限沉痛。正是“国家不幸诗家幸，赋到沧桑句便工”。

如梦令

[宋] 李清照

常记溪亭日暮，
沉醉不知归路。
兴尽晚回舟，
误入藕花深处。
争渡，争渡，
惊起一滩鸥鹭。

李清照（1084—1155），号易安居士，原籍齐州章丘（今山东济南章丘），宋代杰出女词人。她的生平资料留存很少，幸而在她的词作中还保留了一些生活片断。她的父亲李格非曾在朝为官，母亲也出身名门。早年的李清照过着无忧无虑的生活，这首追忆旧游的词作就是明证。少女时期的词人，曾荡舟出游，饮酒玩乐，天色已晚才急急忙忙赶路，却划着船迷失在荷花深处。奋力挥桨想要出去，结果惊起一群水鸟。词写得风趣明快，准确地刻画出少女情韵。从词人的其他作品得知，她喜欢喝酒，这位“沉醉”少女确实与众不同。“争渡”的“争”，有人解释为“怎”，怎么，也可通。

渔家傲

［宋］李清照

天接云涛连晓雾，
星河欲转千帆舞。
仿佛梦魂归帝所，
闻天语，
殷勤问我归何处。

我报路长嗟日暮，
学诗漫有惊人句。
九万里风鹏正举，
风休住，
蓬舟吹取三山去。

此词是李清照后期作品，作于南渡之后。题目一作“记梦”，记录了一次神秘的梦境之旅：天海之间，云涛茫茫，词人乘船，仰望银河，仿佛进入时空隧道，梦魂悠悠，直上云天，来到天帝身边。天帝关切询问她想去哪儿，她回答说，我已经很累了，只想回到蓬莱仙山。“我报路长嗟日暮”，用的是屈原“路曼曼其修远兮”和“日忽忽其将暮”；“学诗漫有惊人句”，用的是杜甫“语不惊人死不休”。一个“漫”字，无限自负。两个“归”字，却是不知此身何处。前人曾评此词“无一毫钗粉气”，梁启超也曾说“此绝似苏辛派，不类《漱玉集》中语”。

武陵春

［宋］李清照

风住尘香花已尽，
日晚倦梳头。
物是人非事事休，
欲语泪先流。

闻说双溪春尚好，
也拟泛轻舟。
只恐双溪舴艋舟，
载不动、许多愁。

绍兴四年（1134），金兵南侵，李清照到浙江金华避乱，词中的“双溪”就在金华。此词应该写于绍兴五年（1135）晚春。年近半百的女词人，国难、夫死、孤苦、漂泊，“物是人非事事休”，处境凄凉，物质生活的困苦固然难熬，精神上的孤独与痛苦尤难承受。无忧无虑的少女时代，志同道合的幸福生活，都变成了记忆。面对花尽春去的景象，她心灰意懒，千言万语无人可诉。“愁”本来是抽象的，看不见，摸不着，词人却觉得“愁”有形有质，那小小的舴艋舟（狭长小船，形如蚱蜢）根本承载不动这许多愁。藉由这一新奇的比喻，读者仿佛也触摸和体验到了词人那无尽的悲愁苦闷。词人高超的艺术表现力，将她的一己之愁，化成了千古之愁、人人之愁。

醉花阴

[宋]李清照

薄雾浓云愁永昼。
瑞脑消金兽。
佳节又重阳，
玉枕纱厨，
半夜凉初透。

东篱把酒黄昏后。
有暗香盈袖。
莫道不消魂，
帘卷西风，
人比黄花瘦。

李清照与丈夫赵明诚志趣相投，两人诗词酬唱，研究金石书画，过着堪称神仙眷侣的生活。但赵明诚出仕为官，两人不能长相厮守，这给他们的美满生活注入了一些离别相思的况味。李清照为此写下许多首优美动人的相思怨别之词，这是其中一首代表作。佳节重阳，本是家人相聚的节日，但两人“又”一次无法在一起，词人不免思念和怅然，于是在她眼里，一切事物都带上了阴郁孤独的色彩，雾气、阴云、铸成兽形的铜香炉（金兽）和香料（瑞脑即龙脑，今名冰片，一种香料）、玉枕、纱厨，都含愁带恨。饮酒赏菊本是雅事，她却只能借酒遣愁，并很自然地将自己与菊花（黄花）相比：你看，我比那黄花还憔悴消瘦！词人自怜自惜，但这种相思离愁表现得哀而不伤，苦涩、惆怅都显得轻盈易散，因为还有相见相聚的美好时光可期。

游山西村

〔宋〕陆游

莫笑农家腊酒浑，
丰年留客足鸡豚。
山重水复疑无路，
柳暗花明又一村。
箫鼓追随春社近，
衣冠简朴古风存。
从今若许闲乘月，
拄杖无时夜叩门。

陆游生当宋、金两国南北对峙的时代，其时国家内外交困。他极力呼吁、奔走于统一大业，却不为当权者所重视。乾道二年（1166）陆游自隆兴通判罢官回乡，此诗或是次年春间作。腊酒，头一年腊月所酿的酒。足鸡豚，有丰足的鸡肉、猪肉。古代以立春之后第五个戊日为春社日，民间在这一天祭祀土地神。诗歌记述了春社期间的一次山村之游，描写了农村的美丽风光、热闹的节日气氛以及农家的淳朴好客，体现了作者与农家的深厚情谊。“山重水复疑无路，柳暗花明又一村”是千古传诵的名句，它不但准确生动地描绘出那个山水交错的地区转换多变的景色，而且寓有发人深省的哲理。

卜算子·咏梅

[宋] 陆游

驿外断桥边，
寂寞开无主。
已是黄昏独自愁，
更著风和雨。

无意苦争春，
一任群芳妒。
零落成泥碾作尘，
只有香如故。

陆游的词兼有豪放与婉约两派的特点，明代杨慎《词品》评价他：“纤绝处似淮海（秦观），雄快处似东坡（苏轼）。”他很喜欢写梅花，把自己视为梅花的化身。这首词中所咏的梅，淡泊自守，与世无争，虽然难逃飘零凋落、成泥化尘的命运，但清香不散，高洁品格长存。这正是陆游的自我写照。对照作者的另一首作品《梅花绝句》：“闻道梅花坼晓风，雪堆遍满四山中。何方可化身千亿？一树梅前一放翁。”其以梅花品格自比的用意就很显豁了。1961 年，毛泽东读了陆游这首词之后，也写了一首《卜算子·咏梅》，“反其意而用之”。

十一月四日风雨大作（其二）

[宋]陆游

僵卧孤村不自哀，
尚思为国戍轮台。
夜阑卧听风吹雨，
铁马冰河入梦来。

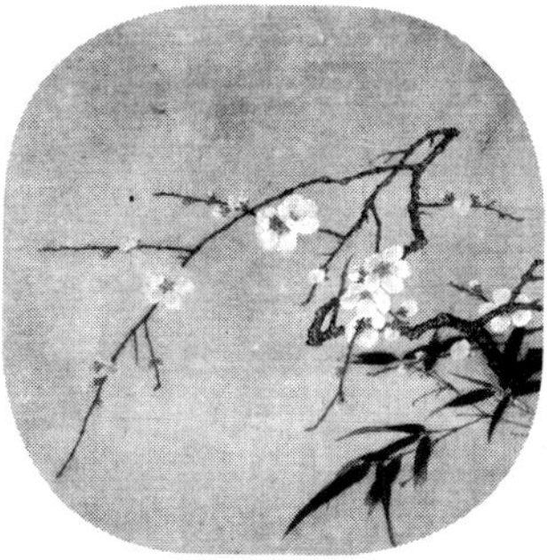

这首诗作于1192年，陆游六十八岁。壮士暮年，忧心烈烈。但这只是同题组诗的第二首，第一首是“风卷江湖雨暗村，四山声作海涛翻。溪柴火软蛮毡暖，我与狸奴不出门”。当年僵卧孤村之时，风雨飘摇之夕，安慰了诗人无限凄苦的，是一只小猫咪。

过松源晨炊漆公店（其五）

［宋］杨万里

莫言下岭便无难，
赚得行人错喜欢。
政入万山围子里，
一山放出一山拦。

这是一首典型的“诚斋体”诗歌，作于宋光宗绍熙三年（1192），当时诗人在建康江东转运副使任上，外出途中写下此诗。松源、漆公店，地名，有人说在今江西上饶弋阳县，也有人说在今皖南山区。诗人从上山、下山这种日常经历，生发出新鲜感悟：上山难，但不要误以为下岭就轻快容易。下山时还是会一直在万山围绕的圈子里打转，过了一山又一山。政，同“正”。一个拟人化的“拦”字，使群山仿佛变得有灵性、有思想，故意设置重重险阻来考验行人。读者不知不觉跟着诗人思考，从而品味出日常生活现象所蕴含的哲理意味。围子，一作“圈子”。

破阵子·为陈同甫赋壮词以寄之

［宋］辛弃疾

醉里挑灯看剑，
梦回吹角连营。
八百里分麾下炙，
五十弦翻塞外声。
沙场秋点兵。

马作的卢飞快，
弓如霹雳弦惊。
了却君王天下事，
赢得生前身后名。
可怜白发生！

辛弃疾（1140—1207），字幼安，号稼轩，济南府历城县（今山东济南历城区）人，南宋豪放派词人、爱国将领，在词史上与苏轼合称“苏辛”。他年轻时怀着抗金复国的壮志南归，却命运多舛、备受排挤。有《稼轩长短句》传世，其中许多词都表现这种壮志难酬的悲愤。陈同甫即陈亮，辛弃疾挚友之一，力主抗金。这首词是作者被罢官闲居农村时，为了鼓舞陈亮而写的。词中以作者早年的战斗生活为基础，融合梦境与幻觉，描绘了一幅沙场驰骋的壮阔场面。本词构思不同于一般，它打破了上下片分述一事的传统写法，而以前九句为一层，用浪漫的手法，和着澎湃的激情，刻画出一位横戈跃马的英雄形象。以“可怜白发生”一句作结，词义陡转，流露了报国无路的忧愤之情。

南乡子·登京口北固亭有怀

[宋]辛弃疾

何处望神州？
满眼风光北固楼。
千古兴亡多少事？悠悠。
不尽长江滚滚流。

年少万兜鍪。
坐断东南战未休。
天下英雄谁敌手？曹刘。
生子当如孙仲谋。

宋宁宗嘉泰三年（1203），已是暮年的词人对北伐事业重燃希望，但对现状又深感忧虑，情见乎词，写下了这首词和著名的《永遇乐·京口北固亭怀古》。京口即今江苏镇江；北固亭，亦名北固楼，在长江南岸的北固山上。《南乡子》词牌篇幅不长，一般用来表现江南风物和婉转低沉的情怀，词人却用来表现“千古兴亡”这种大题材，三问三答，层层推进，用典浑然天成，在对历史人物的评价中表现了对当时局势的不满。

青玉案·元夕

［宋］辛弃疾

东风夜放花千树，
更吹落，星如雨。
宝马雕车香满路。
凤箫声动，玉壶光转，
一夜鱼龙舞。

蛾儿雪柳黄金缕，
笑语盈盈暗香去。
众里寻他千百度。
蓦然回首，那人却在，
灯火阑珊处。

这首词大约作于宋孝宗乾道七年（1171）至八年间，当时辛弃疾在临安（今浙江杭州）任司农寺主簿。元夕，旧历正月十五，又称上元节、元宵节，古时是观灯、约会的佳节。这首词描绘在元夕灯火中等待和寻找意中人的情景及心态变化，是稼轩词中少数言及男女之情的作品。元夕夜的临安城灯火辉煌，游人如织，热闹非凡。蛾儿、雪柳，都是头饰名称。打扮得漂漂亮亮的女孩子，说说笑笑，从眼前

经过，词人却别有所待。忽然，他不经意间回过头去，在灯火昏暗的一角，惊喜地看到了“那人”——原来这一夜灯火、明月，一城欢景、丽人，都不过是为等到这一刻的铺垫。他们相见之后发生了什么？读者自可想象。“众里寻他”几句具有高超的表现力和概括性，将那种苦苦寻觅、绝望之时却又生发惊喜的感受形象准确地表达了出来，所以很多人都觉得别有所指，并纷纷展开联想。王国维就将这几句引申为成大事业、大学问者必经的第三种，也就是最后、最高的境界。

约客

［宋］赵师秀

黄梅时节家家雨，
青草池塘处处蛙。
有约不来过夜半，
闲敲棋子落灯花。

赵师秀（1170—1219），永嘉（今浙江温州）人，字紫芝，号灵秀，南宋诗人。与徐照、徐玑、翁卷并称“永嘉四灵”。这首小诗写得简约清净，含蓄蕴藉。过了芒种，南方就进入黄梅季节了。这个时候，家家下雨，处处蛙声。诗人约了朋友，可等到快半夜还没来。也许是下雨路滑，耽误了吧。诗人稍稍落寞，但也没有太着急。闲来无事，摆弄棋子，一旁的灯花，结了又落，落了又结。

过零丁洋

［宋］文天祥

辛苦遭逢起一经，
干戈落落四周星。
山河破碎风飘絮，
身世浮沉雨打萍。
惶恐滩头说惶恐，
零丁洋里叹零丁。
人生自古谁无死，
留取丹心照汗青。

文天祥（1236—1283），字宋瑞，又字履善，自号文山，吉水（今属江西吉安）人，南宋杰出爱国诗人。零丁洋在今广东中山南边的海面。文天祥被俘后，元将张弘范要继续追击宋朝皇帝，迫使他随船前往。经过零丁洋时，文天祥写了这首诗。诗歌以回忆开始。“起一经”指自己由科举出身。“四周星”即四年。作者从中状元后就不断为国操劳，最近四年的浴血奋战，更是出生入死、坚苦卓绝。“惶恐滩”在江西赣江中，地势险恶。1277 年文天祥曾在家乡战败，经由惶恐滩退去。“山河破碎”“身世浮沉”，他感到十分沉痛。零丁洋里，士卒损伤，国破家亡，更难免孤寂之感。“汗青”泛指史册。未有纸之前，古人用竹简写字。先将竹简用火烤干水分（竹汗），可以防虫蛀，称为汗青。诗的最后两句笔力千钧，表现了他宁死不屈、视死如归的英雄气概。落落，一作“寥落”。

天净沙·秋思

[元]马致远

枯藤老树昏鸦，
小桥流水人家，
古道西风瘦马。
夕阳西下，
断肠人在天涯。

马致远（1250?—1321?），号东篱，大都（今北京）人。“元曲四大家”之一。此曲写天涯游子在秋天特定场景中的感受，是备受称赞的名篇。开始是一组又一组景物，密集而洗练。秋郊的黄昏，乌鸦返巢，藤缠老树，孤独漂泊的游子，怎能不触动愁思呢？远处，小桥流水，村舍人家，显得宁谧而温馨，更反衬出游子心情的失落。再放眼远眺，古道蜿蜒，瘦马踯躅，一片寂寞凄清。最后一句“断肠人在天涯”，余韵苍凉。

山坡羊·骊山怀古

［元］张养浩

骊山四顾，
阿房一炬，
当时奢侈今何处？
只见草萧疏，水萦纡。
至今遗恨迷烟树。
列国周齐秦汉楚，
赢，都变做了土；
输，都变做了土。

张养浩（1270—1329），字希孟，号云庄，济南（今属山东）人，元代著名政治家、文学家。他做到礼部尚书、参议中书省事，辞官归隐。元文宗天历二年（1239）关中大旱，他为救灾而出任陕西行台中丞，积劳成疾，卒于任上。他有散曲集《云庄休闲自适小乐府》。这首和《山坡羊·潼关怀古》都是他到陕西赈灾时写的怀古曲。骊山在陕西临潼东南，秦始皇陵就在这里。此曲开篇以“骊山四顾”领起，述历朝历代的宫殿建筑，都如阿房宫一样，化成了历史陈迹。而历代王朝的统治者，无论胜利还是失败，也都变作一抔黄土。《潼关怀古》落脚点在“百姓苦”，这首曲子的落脚点则在帝王将相“都变做了土”，有一点虚无色彩，但更多的是以历史为鉴的警世之意。

山坡羊·潼关怀古

［元］张养浩

峰峦如聚，
波涛如怒，
山河表里潼关路。
望西都，意踌躇。
伤心秦汉经行处，
宫阙万间都做了土。
兴，百姓苦！
亡，百姓苦！

作者在曲的一开始先纵笔酣写山川之壮美，赋予强烈的情感。起句“峰峦如聚，波涛如怒”，气势飞动。“山河表里潼关路”突出潼关的险要。潼关，在今陕西省潼关县，是兵家必争之地，许多关系朝代兴亡的战斗在这里展开。随后作者发思古之幽情，感叹世代更迭的现实。西都指长安，与东都洛阳相对而言。此曲最有价值的地方不在于一般地抒发兴亡之感，而在于一针见血地揭示出兴亡后面的历史真谛：“兴，百姓苦！亡，百姓苦！”这八个字，使全曲闪耀着耀眼的思想光辉。

朝天子·咏喇叭

[明]王磐

喇叭，唢呐，
曲儿小，腔儿大。
官船来往乱如麻，
全仗你抬声价。
军听了军愁，
民听了民怕。
哪里去辨甚么真共假？
眼见的吹翻了这家，
吹伤了那家，
只吹的水尽鹅飞罢！

王磐（1470？—1530），字鸿渐，自号西楼，高邮（今属江苏）人，明代散曲作家，亦工诗能画，有散曲集《王西楼乐府》。他厌弃功名，一生没有应举求官，作品中对权贵则时有讽刺。明武宗正德年间，刘瑾、谷大用等宦官当权，常到地方上鱼肉百姓，他们的船开来时，就会吹响喇叭、唢呐等，要求民众给他们服役。这首曲子借嘲讽官船上的喇叭，痛快淋漓地揭露了宦官权贵装腔作势、搅扰民间的丑行。曲中每一句表面上都是在说喇叭、唢呐，却又都令人联想到宦官权贵们的嘴脸，所谓“兴发于此而义归于彼”，咏物、讽人关合巧妙。

临江仙

［明］杨慎

滚滚长江东逝水，
浪花淘尽英雄。
是非成败转头空。
青山依旧在，
几度夕阳红。

白发渔樵江渚上，
惯看秋月春风。
一壶浊酒喜相逢。
古今多少事，
都付笑谈中。

杨慎（1488—1559），字用修，号升庵，四川新都人，明代著名文学家，正德年间状元及第，后被谪戍云南。有《升庵集》。这首《临江仙》是他《廿一史弹词》第三段《说秦汉》的开场词，毛宗岗父子评刻《三国演义》时被放在卷首，后来成为电视剧《三国演义》的主题曲。“滚滚长江东逝水，浪花淘尽英雄”，出自苏轼“大江东去，浪淘尽、千古风流人物”。渔樵，渔人、樵夫，指与世无争的隐居者。高适有“我本渔樵孟诸野，一生自是悠悠者”的句子。江渚，江中小洲，亦指江边。这首词通过古与今、是与非、成与败、英雄与渔樵的对举，通过青山夕阳、春风秋月的画面感，抒发了关于历史的无限感慨。

别云间

[明]夏完淳

三年羁旅客，
今日又南冠。
无限山河泪，
谁言天地宽。
已知泉路近，
欲别故乡难。
毅魄归来日，
灵旗空际看。

夏完淳（1631—1647），原名复，字存古，松江府华亭县（今上海松江）人，明末诗人、抗清英雄。他十四岁即跟随父亲夏允彝、老师陈子龙抗清，兵败被俘，不屈而死，年仅十七岁。他有诗集《南冠草》，作品多抒写政治抱负和家国之痛，风格慷慨激昂。这首诗是他被捕解往南京路上所作，云间，松江的古名。作者自知将与故乡亲人永诀，以诗言志。诗中写三年抗清归于失败的经历，写河山沦亡的悲痛，却没有一丝怨悔。后面两联写面对死亡，更是情绪高昂，坚信自己的魂魄将归来，继续高举抗清大旗。设想一下，这样的诗句出自一位十六七岁的少年，其感人的力量更为突出。毅魄，出自屈原《九歌·国殇》“魂魄毅兮为鬼雄”。

枉凝眉

［清］曹雪芹

一个是阆苑仙葩，一个是美玉无瑕。若说没奇缘，今生偏又遇着他；若说有奇缘，如何心事终虚化？一个枉自嗟呀，一个空劳牵挂。一个是水中月，一个是镜中花。想眼中能有多少泪珠儿，怎经得秋流到冬尽，春流到夏！

曹雪芹（1715?—1763?），名霑，字梦阮，号雪芹，中国古典名著《红楼梦》的作者。这首曲子选自《红楼梦》第五回。阆苑，传说中的仙境。仙葩，仙花。指绛珠草黛玉。美玉无瑕，指宝玉。宝玉前身是赤瑕宫的神瑛侍者。虚化，落空。“一个枉自嗟呀，一个空劳牵挂”，这两句互文见义，指两个人都多愁善感，都互相牵挂。“一个是水中月，一个是镜中花”，互文见义，说两人的爱情是镜花水月，终究成空。用《红楼梦》里的话说，这首曲子“散漫无稽”，但“声韵凄惋，竟能销魂醉魄”。

己亥杂诗（其五）

［清］龚自珍

浩荡离愁白日斜，
吟鞭东指即天涯。
落红不是无情物，
化作春泥更护花。

龚自珍是在特定时代里带着难言的苦衷辞官南归的。离去的时候，面对落日黄昏，心中百感交集。这离愁绝不仅仅是与亲朋故友分手时的悲伤，更蕴含着自己胸怀大志而难申抱负的苦衷、离开事业又不甘沉沦的心志，所以他用了“浩荡”一词。后两句已经成为广泛传诵的名句，诗人借助生动的比喻，表达了自己虽然辞官却还要悉心培育新一代以报效国家的愿望。吟鞭，指诗人的马鞭。

潼关

［清］谭嗣同

终古高云簇此城，
秋风吹散马蹄声。
河流大野犹嫌束，
山入潼关不解平。

谭嗣同（1865—1898），字复生，号壮飞，湖南浏阳人，“戊戌六君子”之一，因变法失败慷慨就义而名垂青史。他工诗善文，以笔力遒劲、富有时代精神和爱国热情而著称。写下这首诗时，谭嗣同不过十八岁。潼关地处陕西、山西、河南三省要冲，古往今来，不知多少人曾在此怀古慨叹，青年谭嗣同这首写得格外有气势。“终古高云”既有空间之阔大，更有时间之绵长，一句写尽古老关城的雄姿。猎猎秋风中，少年诗人催马飞奔，滔滔黄河奔流，有如少年胸怀，不愿受广漠原野的束缚；一入潼关，山势陡然险峻，正如诗人忧国伤时的情怀，充满“不平”之气。诗情得江山之助，这首诗成功地将眼前景与心中事写得浑然一体。

少年中国说（节选）

［清］梁启超

故今日之责任，不在他人，而全在我少年。少年智则国智，少年富则国富；少年强则国强；少年独立则国独立；少年自由则国自由；少年进步则国进步；少年胜于欧洲，则国胜于欧洲；少年雄于地球，则国雄于地球。红日初升，其道大光。河出伏流，一泻汪洋。潜龙腾渊，鳞爪飞扬。乳虎啸谷，百兽震惶。鹰隼试翼，风尘翕张。奇花初胎，矞矞皇皇。干将发硎，有作其芒。天戴其苍，地履其黄。纵有千古，横有八荒。前途似海，来日方长。美哉我少年中国，与天不老！壮哉我中国少年，与国无疆！

梁启超（1873—1929），号任公，又号饮冰室主人。中国近代思想家、政治家、教育家、史学家、文学家。曾与康有为等一起发动“公车上书”，近代维新派代表人物，“戊戌变法”领袖之一。有《饮冰室合集》。本文作于光绪二十六年（1900），旨在驳斥日本和西方列强称当时中国为“老大帝国”的污蔑，力证中国是一个正在成长、前途无量的少年中国。我们节选的这一段，尤其脍炙人口，使用简短整齐、铿锵有力的排比句式，层层推进，气势磅礴，感染力极强。

沁园春·长沙

毛泽东

独立寒秋，湘江北去，橘子洲头。
看万山红遍，层林尽染；漫江碧透，百舸争流。
鹰击长空，鱼翔浅底，万类霜天竞自由。
怅寥廓，问苍茫大地，谁主沉浮？

携来百侣曾游，忆往昔峥嵘岁月稠。
恰同学少年，风华正茂；书生意气，挥斥方遒。
指点江山，激扬文字，粪土当年万户侯。
曾记否，到中流击水，浪遏飞舟！

1925年秋，毛泽东同志离开湖南前往广州参加革命工作，这首词大约就作于这个时期。诗人独自伫立在橘子洲头，眺望缓缓北流的湘江。已是深秋时节，天高水碧，万山红遍。江上来来往往的船只，天空自由翱翔的苍鹰，水中自在游动的鱼，都激发了诗人的豪情："问苍茫大地，谁主沉浮？"——这是一个设问句，答案是"我们"，是"恰同学少年，风华正茂；书生意气，挥斥方遒"的"我们"，是"指点江山，激扬文字，粪土当年万户侯"的"我们"。诗中洋溢着历史关头当仁不让的英雄气概，洋溢着舍我其谁的浪漫主义精神，用诗的语言，形象指出了能主宰中国革命的，正是中国共产党。

沁园春·雪

毛泽东

北国风光，千里冰封，万里雪飘。
望长城内外，惟余莽莽；大河上下，顿失滔滔。
山舞银蛇，原驰蜡象，欲与天公试比高。
须晴日，看红装素裹，分外妖娆。

江山如此多娇，引无数英雄竞折腰。
惜秦皇汉武，略输文采；唐宗宋祖，稍逊风骚。
一代天骄，成吉思汗，只识弯弓射大雕。
俱往矣，数风流人物，还看今朝。

毛泽东的诗词独具风格，名句常被引用，比如“江山如此多娇，引无数英雄竞折腰”“数风流人物，还看今朝”等。这首词向来被视为毛泽东诗词的压卷之作，主题重大，想象飞动，气势磅礴。词作于1936年2月，当时红军完成长征，到达陕北。面对大雪，作者诗情勃发，由全景式写北国雪景，到一笔勾掉历史上最强势的五个帝王，写得大气淋漓。1925年，作者在《沁园春·长沙》中曾发出时代之问：“怅寥廓，问苍茫大地，谁主沉浮？”这一问关乎国家、世界和社会的命运，体现了革命家本色；而本词中“俱往矣，数风流人物，还看今朝”，恰似对那个问题的回应。这首词于1945年重庆国共谈判期间，被重庆一家民营报纸率先披露，立即引发强烈反响。

减字木兰花·广昌路上

毛泽东

漫天皆白，
雪里行军情更迫。
头上高山，
风卷红旗过大关。

此行何去？
赣江风雪弥漫处。
命令昨颁，
十万工农下吉安。

毛泽东诗词常常给人以史诗之感，表现了中国共产党领导下的工农革命“星星之火，可以燎原”的过程。本词中的广昌，位于江西东南部，现属抚州；吉安，江西中部重要城市。1930年2月，毛泽东率红军向吉安进军，希望在那里建立工农政权，即兴写下此词。“红旗”既是实景，也是中国革命的象征。前人曾说“诗思在灞桥风雪中驴子上”，毛泽东也说，他的有些诗词是“在马背上哼成的”。革命征途中艰苦的行军，成了他诗词灵感的来源。

在那东山顶上

据仓央嘉措情诗改编

在那东山顶上
升起白白的月亮
年轻姑娘的面容
浮现在我的心上

如果不曾相见
人们就不会相恋
如果不曾相知
怎会受这相思的熬煎

这段歌词改编自六世达赖喇嘛仓央嘉措的作品，由两段合成。相关内容，比较权威的译本如下：

（一）于道泉译本：

1. 从东边的山尖上，白亮的月儿出来了。“未生娘”的脸儿，在心中已渐渐地显现。

62. 第一最好是不相见，如此便可不至相恋；第二最好是不相识，如此便可不用相思。

（二）曾缄译本：

1. 心头影事幻重重，化作佳人绝代容，恰似东山山上月，轻轻走出最高峰。

66. 但曾相见便相知，相见何如不见时？安得与君相诀绝，免教辛苦作相思。

（三）刘希武译本：

1. 明月何玲珑，初出东山上。少女面庞儿，油然萦怀想。

60. 最好不相见，免我常相恋，最好不相知，免我常相思。

文字：王峰 王明辉

诵读：达威

配乐：石炯

经典
咏流传
学生背诵版